N&K

Charles Lewinsky

Schweizen

24 Zukünfte

Nagel & Kimche

1 2 3 4 5 17 16 15 14 13

im Carl Hanser Verlag München
Herstellung: Andrea Mogwitz und Rainald Schwarz
Satz: Satz für Satz. Barbara Reischmann
Druck und Bindung: Friedrich Pustet
ISBN 978-3-312-00555-0
Printed in Germany

MIX
Papier aus verantwortungsvollen Quellen
FSC® C014889

Für Oriana,
damit sie die Schweiz
noch besser versteht

Inhalt

Schweizen

ein Vorwort

Den Seinen, sagt das Sprichwort, gibt's der Herr im Schlaf. Nun habe ich zwar, weiss Gott, keinen Grund, mich besonders inniger Beziehungen zu höheren himmlischen Instanzen zu rühmen, und ich hege auch grosse Zweifel an der Theorie von Musen, die mit kussbereit gespitzten Lippen ins Dichterschlafzimmer flattern. Wer in Erwartung ihres Anflugs jede Nacht das Fenster offen lässt, vermute ich, holt sich eher eine Lungenentzündung als eine Idee. Aber der erste Gedanke zu den Texten, die ich hier bevorworte, kam mir tatsächlich in einem Traum.

Es war einer von der Sorte, zu deren Entschlüsselung man nicht jahrelang freudianische Theorien studiert haben muss. Ein ganz simpler Wunschtraum, in dem mir ein Kunststück gelungen war, das jeder Autor gern einmal schaffen möchte: Ich hatte ohne jede Anstrengung ein Buch geschrieben. (Das geht, glauben Sie mir, im Traum bedeutend müheloser als in der erdenschweren Wirklichkeit.) Nicht nur geschrieben war das erträumte Meisterwerk, sondern auch schon gedruckt und erschienen, und ich wollte das erste Exemplar gerade zu seinen Vorgängern ins Regal stellen. Das ist jedes Mal ein Höhepunkt im Schreiberleben, und deshalb als Traummaterial bestens geeignet.

Ohne jede Überraschung, wie das in Träumen so ist, las ich den Titel des Buches. «Schweizen» stand da auf dem Umschlag, und im Traum schien mir das ein durchaus einleuchtender und sinnvoller Begriff zu sein.

Bis ich dann aufwachte, und sich die Logik-Schaltkreise in meinem Kopf einer nach dem anderen wieder in Gang setzten. Zuerst, ich kann mich noch gut an das enttäuschte Gefühl erinnern, realisierte ich, dass das sich selbst schreibende Buch mal wieder nur ein Traum gewesen war. Dann, und das war auch nicht erfreulicher, wurde mir klar, dass es ein Wort wie «Schweizen» überhaupt nicht gibt. Ausser natürlich – jetzt blinkten die Schaltkreislämpchen schon in allen Farben – als Plural von «Schweiz». Obwohl unser Land natürlich so einmalig ist, dass es gar keinen Plural haben kann. Genauso wenig wie alle anderen Länder. Es gibt kein halbes Dutzend Frankreiche, und eine Nachbarschaft aus mehreren Deutschländern wäre eine eher erschreckende Vorstellung.

«Schweizen»? Zunächst einmal hatte ich keine Ahnung, was mir mein schlaftrunkenes Hirn damit sagen wollte. Oder die Muse, falls es sie doch gibt. Man weiss ja nie.

Aber dann fiel mir – vielleicht war auch das noch ein Traumsplitter – ein Untertitel dazu ein. Und der enthielt schon wieder einen Plural, den es gar nicht gibt: «Zukünfte.» Und weil mir sowohl Titel wie auch Untertitel gut gefielen, fing ich an zu überlegen, was für ein Buch man dazu schreiben könnte.

Normalerweise ist der Ablauf ja so: Man schreibt einen Text, denkt sich einen Titel dazu aus, und dann kommt der Verleger und ändert ihn. Oder versucht es zumindest. In diesem Fall war es genau umgekehrt. Zuerst war der Titel da, und dann lange nichts.

Bis dann plötzlich eine ganze Menge da war.

Es ist eine Sammlung von Geschichten geworden, die alle einen Trend unserer eidgenössischen Gesellschaft in die Zukunft extrapolieren oder sonstwie satirisch verzerren. Wobei die Zukünfte, von denen ich erzähle, natürlich keine Szenarien sind, die ich genau so erwarte. An die menschliche Fähigkeit, die Zukunft vorauszusagen, glaube ich so wenig wie an Musen.

Aber man sieht manche Dinge deutlicher, wenn man sie übertreibt. Karikaturen können ähnlicher sein als Spiegelbilder. Und auf allzu absurde Geschichten habe ich verzichtet. Die Schweiz wird nicht Fussballweltmeister, und in der «Arena» lässt kein Politiker den anderen ausreden.

Jede dieser Geschichten ist in einer anderen Textform abgefasst, vom Tagebuch bis zur Ballade, vom Bundesbrief bis zur Kriminalgeschichte. Und das nicht aus irgendeinem tieferen Grund, über den sich literaturwissenschaftliche Seminararbeiten verfassen liessen, sondern schlicht und einfach, weil es mir Spass gemacht hat, mich stilistisch auszutoben und ab und zu einen sprachlichen Purzelbaum zu schlagen. Die Muse, die mir den seltsamen Titel in meinen Traum hineingeküsst hat, liess mir ausrichten, das dürfe auch einmal sein. Auch wenn ich nicht an sie glaube.

Ballenberg 2

ein Prospekt

Herzlich willkommen!
Sie suchen die Nähe zur Natur? Sie interessieren sich für Geschichte? Sie haben einen Hang zur Nostalgie? Dann sind Sie bei uns am richtigen Ort! Ballenberg 2, das moderne Freilichtmuseum, versetzt Sie zurück in die Zeit, als es in der Schweiz noch Bauern* gab, ins legendäre 21. Jahrhundert!

Bei uns finden Gross und Klein Überraschung, Unterhaltung und Anregung! Bestaunen Sie hautnah (nur durch eine Hygieneschleuse getrennt) echte lebendige Kühe*! Machen Sie eine Fahrt im legendären Traktor* Aebi TT 270 aus dem Jahr 2011! Beobachten Sie einen wirklichkeitsgetreuen Androiden-Landwirt bei der täglichen Arbeit von damals!

Und vor allem: Erkunden Sie auf eigene Faust die originalen Bauernhäuser aus vergangenen Tagen! Immer einen Besuch wert sind nicht nur die stilecht möblierten Zimmer des berühmten Säuliamthauses aus dem Jahr 1950, sondern auch all die anderen, historisch exakt restaurierten Gebäude aus der ganzen Schweiz. Lassen Sie sich in eine Zeit zurückversetzen, in der das Brot* noch vom Bäcker* und die Milch* noch aus der Kuh* kam!

(Für die Erklärung der mit einem Sternchen* versehenen Ausdrücke benutzen Sie die ?-Taste Ihres Ausstellungsführers.)

Anreise

Das Freilichtmuseum Ballenberg 2 liegt mitten im Stadtteil Brienz-Ballenberg, einer auch heute noch sehr ländlichen, spärlich besiedelten Region mit nicht einmal 300 000 Einwohnern. Wenn Sie bei uns in die Vergangenheit eintauchen, werden Sie bald vergessen, dass Sie sich im Herzen einer pulsierenden Mittelstadt befinden. Die umgebenden Hochhäuser sind durch Sichtschutzwände den Blicken vollständig entzogen. Im ständigen Bemühen, unseren Besuchern immer wieder etwas neues Altes zu bieten, haben wir in dieser Saison erstmalig eine Reihe von Landschaftsprojektionen installiert und die Sichtschutzwände damit in ein naturgetreues Alpenpanorama verwandelt, das Ihnen die schönsten Gipfel unseres Landes in konzentrierter Form und immer wechselnder Zusammensetzung präsentiert: Eiger, Mönch, Jungfrau, Monte Rosa, Piz Bernina, Schreckhorn, Matterhorn, Finsteraarhorn und viele andere Hörner.

Sie erreichen Ballenberg 2 bequem über die Autobahn A8 (Abzweigung Ballenberg). Leider hat unsere Tiefgarage nur knapp 8000 Plätze und ist an Wochenenden und in der Ferienzeit manchmal überfüllt. Dann empfehlen wir Ihnen die Anreise mit dem öffentlichen Verkehr: Swissmetro M3 (an der Station Interlaken in den Hochgeschwindigkeits-Monorail nach Brienz umsteigen) oder ganz stilecht altmodisch per SBB von Luzern-Sarnen oder Interlaken. Für eingefleischte Nostalgiker wurde im letzten Jahr sogar eine unterirdische Fussgängerpassage von Brienz nach Ballenberg eingeweiht. (Rucksäcke und antike Nagelschuhe können gemietet werden, rechtzeitige Vorbestellung wird empfohlen.)

Die Häuser

Auch wenn die auf den Ballenberg versetzten alten Bauernhäuser auf den ersten Blick alle gleich aussehen, lassen sich bei näherer Betrachtung doch die typischen Merkmale der einzelnen Landschaften unserer so vielfältigen Heimat erkennen.

Kennzeichnend für den kargen Hochjura sind die kunstvoll gestalteten Fernsehantennen*. Hier, wo das nächste Gehöft oft sehr weit entfernt war, vertrieb man sich die langen einsamen Abende nach getaner Arbeit gern mit Fernsehsendungen*, weshalb die Besucher hier auch von zwei lebensechten Androiden mit den Gesichtern von Beni Thurnheer* und Sven Epiney* begrüsst werden.

Im eher wohlhabenden Mittelland hingegen sind es vor allem die geräumigen Garagen, die dem Kundigen verraten, dass er vor einem Bauernhaus steht. Hier fanden nicht nur die Traktoren* ihren Platz, sondern man verbarg auch in traditioneller Bescheidenheit die oft recht luxuriösen privaten Fahrzeuge vor den neidischen Blicken der Nachbarn.

Besonders selten und wertvoll sind Bauernhäuser aus dem Alpengebiet, da die meisten von ihnen im 20. und 21. Jahrhundert zu Ferienhäusern umgebaut wurden. Die beiden Exemplare, die wir stolz in unserer Ausstellung präsentieren dürfen, behielten ihre ursprüngliche Form nur, weil die Besitzer hofften, durch den bäuerlichen Anschein den Auswirkungen der Zweitwohnungsinitiative* zu entgehen.

Leicht zu erkennen sind die Gebäude aus dem Tessin. Sie tragen, nach alter Sitte, ausnahmslos den Segensspruch «Camere libere» an der Fassade. (Zu Deutsch etwa: «Tritt ein, bring Glück herein.»)

Das Säuliamthaus

Für jeden historisch interessierten Besucher bildet die Besichtigung dieses einmaligen Bauwerks den Höhepunkt seines Aufenthalts in Ballenberg 2. Durch einen historischen Zufall ist das Haus mitsamt der gesamten originalen Einrichtung bis in unsere Tage erhalten geblieben: Beim europaweiten Ausbruch der Vogelgrippe* im zweiten Viertel des 21. Jahrhunderts stellte man die ganze Liegenschaft unter strengste Quarantäne. Durch eine administrative Panne wurde das absolute Verbot, das Grundstück zu betreten, erst ein paar Generationen später wieder aufgehoben. So wurde der Bau zu einer unschätzbaren Fundgrube für Völkerkundler und Archäologen.

Vor der Umsetzung vom originalen Standort in Aeugst am Albis nach Ballenberg 2 wurden alle Spuren aus dem Leben der ursprünglichen Bewohner in liebevoller Kleinarbeit konserviert. So liegt auf dem Küchentisch (in Plexiglas eingegossen) immer noch eine Tageszeitung* aus dem Jahr 2031, im Dialekt jener Zeit als «Blick» bezeichnet. Ebenfalls in der Küche finden sich mehrere sogenannte Bierflaschen*, seltene Relikte aus einer Zeit, in der man halluzinogene Stoffe noch in flüssiger Form zu sich nahm. (Bitte haben Sie Verständnis dafür, dass das Berühren dieser kostbaren Artefakte strengstens untersagt ist.)

Eine Übersicht über die weiteren Attraktionen des Säuliamthauses, wie etwa die Kleidersammlung mit den historischen Jeans* oder das rätselhafte blau-weisse Stück Stoff mit der Aufschrift FCZ über dem Bett im Schlafzimmer, finden Sie im entsprechenden Sonderprospekt.

Die Tiere

Schon bei der Gründung von Ballenberg 2 (hundert Jahre nachdem unsere Vorgänger-Organisation Ballenberg 1 einem Einkaufszentrum Platz machen musste) war klar, dass im Freilichtmuseum nicht nur Gebäude aus längst vergangenen Tagen ihren Platz finden sollten, sondern auch all jene Tiere, die damals Ställe und Weiden* bevölkerten.

In einem langjährigen Projekt in Zusammenarbeit mit dem Institut für manipulative Genetik der Universität Zübasel ist es gelungen, mehrere Tierarten in einer Form rückzuzüchten, die ihrer aus alten Dokumenten überlieferten Gestalt sehr nahekommen dürfte. Bei uns können Sie zum Beispiel Kühe* bewundern, aus denen sogenannte Milch* fliesst (eine nahrhafte weisse Flüssigkeit, die in ihrer Zusammensetzung in etwa den vor allem bei Kindern beliebten Breakfastdrinks entspricht). Besonders Tapfere können sogar einen Schluck davon probieren.

Des Weiteren finden Sie in den Freigehegen Schafe*, auf denen Wolle* wächst, Hühner*, die Eier* legen, und seit kurzem auch Schweine*, deren Rückzüchtung aus Fasern der industriellen biochemischen Fleischproduktion einen weltweit beachteten wissenschaftlichen Triumph darstellt. Für Kinder besonders attraktiv sind die lebendigen Hasen, die bei uns nicht nur zu Ostern, sondern das ganze Jahr zu sehen sind. (Zu Streichelzwecken gibt es auch Roboterhasen mit bakterienresistentem und besonders flauschigem Fell.)

Zu den Fütterungszeiten (Sommer 11:00, 14:00, 17:00; Winter 11:00 und 15:00) können die Tiere beim Fressen beobachtet werden.

Die «Menschen»

Um unseren Besuchern einen realistischen Einblick in die historische Landwirtschaft zu ermöglichen, sind die einzelnen Ausstellungsobjekte mit Androiden in Bauernform ausgestattet. Diese sind so lebensecht gestaltet, dass sie sogar auf der Gründung einer eigenen Gewerkschaft bestanden haben.

Sie können diese «Menschen» bei den typisch bäuerlichen Tätigkeiten jener fernen Zeit beobachten:

- Anfordern von Subventionsanträgen;
- Durchblättern von Katalogen für neue Traktoren;
- Ausfüllen von Subventionsanträgen;
- Steuerung der Melkmaschine am Bildschirm;
- Abschicken von Subventionsanträgen;
- Bestellen von chemischen Unkrautbekämpfungsmitteln;
- Entgegennehmen von Subventionen;
- und viele andere.

Neben den Bauern sind noch zahlreiche weitere längst nicht mehr existierende Berufe in historisch exakt animierten Nachbildungen zu sehen: Eine Briefträgerin*, die Briefe* in Briefkästen* wirft, ein Handwerker, der defekte Geräte «repariert» – wenn sich die Wissenschaft auch nicht einig ist, worin diese ausgestorbene Tätigkeit im Einzelnen bestanden hat –, und sogar ein Hausarzt*, der Hausbesuche* macht.

(Achtung: Es ist verboten, die Androiden bei ihren Tätigkeiten zu behindern!)

Gastronomie

Der Aufenthalt in frischer Luft macht Hunger und Durst. (Und die Luft, die unter das Kunststoffdach des Freilichtmuseums gepumpt wird, könnte frischer nicht sein!) In Ballenberg 2 können Sie sich ganz nach Lust und Laune verpflegen – selbstverständlich immer im nostalgischen Stil der Vergangenheit.

Nur ein paar Beispiele:

Die *Mackdonald-Stube* bietet Ihnen original schweizerische Hamburger (Fleischimitationskugeln) in vielen gluschtigen Variationen: Mit Currysauce, mit Ketchup, mit Sambal Oelek und was sonst noch in den Töpfen unserer Urgrossmütter zu brutzeln pflegte. (Ein Hinweis: Durch die rein chemische Herstellungsweise sind unsere Hamburger auch für Vegetarier geeignet.)

Sie mögen lieber typische Ostschweizer Spezialitäten wie Frühlingsrollen oder Satay-Spiesse? Dann sind Sie im *Wirtshaus zum fröhlichen Fasnachts-Chinesen* genau richtig! (Auch für grössere Gruppen geeignet.)

Oder, wenn Sie sich etwas ganz Besonderes gönnen wollen: Speisen Sie im grossen Stil im ganz nach den historischen Plänen restaurierten *Mövenpick*, und bestellen Sie dort die althergebrachte Spezialität des Hauses: Gegrillte Möve. (Reservation empfohlen.) Wo immer Sie Ihre Vorlieben auch hinführen mögen – wir sind sicher, Ihr Aufenthalt im Freilichtmuseum Ballenberg 2 wird Ihnen unvergesslich bleiben!

Die Abhebung

ein Monolog

Schreien Sie nicht. Bitte schreien Sie nicht. Das ist ein Sturmgewehr 90. Das habe ich behalten dürfen, als ich aus der Armee entlassen wurde. Bis auf vierhundert Meter kann man jemanden treffen damit, und ich stehe direkt vor Ihnen.

So ist es besser, Frau Maillard. Und jetzt: umdrehen und hineingehen. Ganz langsam. Ich will nicht, dass Ihnen etwas passiert. Niemandem. Aber ich habe keine andere Wahl. Ich habe mein Leben lang gearbeitet. Immer pünktlich alle Rechnungen bezahlt. Fürs Alter gespart. Und jetzt … Dritte Säule, haben sie immer gesagt. Dritte Säule. Ich will nur haben, was mir zusteht.

Schön haben Sie es hier. Geschmackvoll. Ich sage immer zu meiner Frau: «Wenn man viel Geld hat, wird es nicht einfacher. Weil man viel mehr Auswahl hat.» Aber Sie haben es gut gemacht. Nicht so überrissen. Ist dort das Wohnzimmer? Oder sagen Sie Salon?

Setzen Sie sich hin. Nein, nicht auf den Stuhl. In den Sessel dort. Aus einem Sessel kann man nicht so schnell aufstehen. Und die Hände unter das … Auf die Hände setzen, bitte. Ja, so ist es gut. In der ersten Klasse hatten wir eine strenge Lehrerin, die Frau Arquint, wenn da einer etwas geneuselt hat statt aufzupassen, dann hiess es sofort: «Sitz auf deine Hände!» Es hat mir nicht geschadet. Sie hat uns Ordnung beigebracht, und das ist wichtig im Leben. Aber die Ordnung muss für alle gelten. Das ist doch so, Frau Maillard, oder etwa nicht? Für alle.

Nicht nur für die einen, und die andern können machen, was sie wollen. Abgemacht ist abgemacht.

Von Ihnen will ich nichts. Gar nichts. Sie haben mit der Sache nichts zu tun. Sie sind nur die Frau. Aber Ihr Mann …

Ich weiss, dass er nicht zu Hause ist. In seine Bank ist er gefahren, der Herr Direktor. Den Lohn weiter beziehen, oder den Bonus, oder wie das bei den Bänklern heisst. Als ob sich nichts geändert hätte. Einfach losgefahren. Ich stehe schon seit halb sechs vor Ihrem Haus. Früh aufstehen macht mir nichts. Ich habe mein ganzes Leben krampfen müssen.

Sie werden ihn anrufen. Nein, noch nicht. Schön auf den Händen sitzen bleiben. Ich gebe Ihnen das Telefon dann schon hinüber. Zuerst müssen Sie wissen, was Sie ihm sagen sollen.

Dreiundvierzigtausendzweihundertelf Franken. Und noch ein paar Rappen, aber die vergessen wir. Ich bin kein Tüpflischiisser. Dreiundvierzigtausendzweihundertelf. Von meinem Konto. Eine Barabhebung. Er soll das Geld hierher bringen, in Hundertern oder in Tausendern, das ist mir egal, und ich unterschreibe ihm dafür. Alles ganz korrekt. Ordentlich. Ich will nur haben, was mir zusteht.

Die Kontonummer habe ich hier aufgeschrieben. Die IBAN und alles, was es braucht. Ich kann Ihnen auch meine Identitätskarte zeigen, aber ich meine, Sie glauben mir auch so, dass es mein eigenes Konto ist. Kevin Mühlethaler. Ein doofer Vorname, ich weiss, aber damals, als ich zur Welt kam, war das Mode. Nur schon in meiner Primarklasse hatten wir drei Kevins.

Ein komischer Räuber, der seinen Namen angibt? Sie irren sich, Frau Maillard. Ich bin kein Räuber. Ich bin ein Kunde. Ein alter, treuer Kunde. Ich hatte schon als Bub ein Sparbüchlein dort und habe nie gewechselt. Zu einer so grossen Bank kann man Vertrauen haben, habe ich gedacht. Dort ist dein Geld sicher. Das haben wir alle gedacht, und jetzt, von einem Tag auf den andern, soll das plötzlich nicht mehr gelten. Nur weil irgendwo in New York oder in London oder in Dubai ein paar geldgierige Arschlöcher …

Entschuldigen Sie. Ich wollte Sie nicht anschreien. Sie können nichts dafür. Nicht persönlich.

Trotzdem: Wenn Ihr Mann das Geld nicht bringt, werde ich Sie erschiessen. Sagen Sie ihm das. Ich bin ein guter Schütze. Habe beim Obligatorischen immer genügend Punkte gemacht. Nie einen einzigen Nuller. Nie.

Sie haben Recht, ich weiss nicht, ob ich es tun kann, wenn es drauf ankommt. Ich bin nicht sicher. Aber wollen wir es wirklich auf den Versuch ankommen lassen?

Eben.

Wir werden das regeln wie vernünftige Leute. Obwohl das blöd klingt, in unserer Situation. Sie mit den Händen unter dem Füdli und ich mit dem Sturmgewehr. Und doch. Wenn man in einer Situation ist, wo einem nichts anderes übrig bleibt, dann ist das, was man tun muss, auch das Vernünftige.

Gestern, da ging die Schlange vor der Bank vom Paradeplatz bis zum St. Annahof. Einer ist mit einem Leiterwägeli der Kolonne entlanggelaufen und hat Getränke verkauft. Geschäftemacher sind wie Hyänen. Wo es etwas zu profitieren gibt, riechen die das sofort. Aber man hat Durst gehabt, und da war es vielleicht sogar eine Dienstleistung. Eine Kolonne bis zum St. Annahof. Diszipliniert. Wenn einer dringend aufs WC musste, hat man ihm den Platz freigehalten. Ich weiss nicht, wie das in anderen Ländern gewesen wäre, aber wir sind hier in der Schweiz.

Bis die Leute dann plötzlich losgelaufen sind. Alle auf einmal, als ob jemand das Kommando gegeben hätte. Man hat nicht gewusst, was passiert ist, aber man ist mitgelaufen. Der Mensch ist so.

Auf dem Paradeplatz ein Riesengedränge. Ich habe die Schilder nicht selber gesehen, weil ich gar nicht bis zur Türe gekommen bin. Aber einer hat es dem andern gesagt, und am Abend im Fernsehen haben sie es ja dann auch gebracht. «Bis auf weiteres geschlossen.» Einfach so. Als ob sie nur Inventur machen müssten. Und wir wollten doch alle unser Geld haben. Unter der Matratze hätte man es aufbewahren müssen, das wäre gescheiter gewesen. Aber es hat doch niemand je daran gedacht, dass das Ersparte einmal einfach futsch sein könnte. Nur weil so ein paar Arschlöcher von geldgierigen Investmentbankern …

Sie müssen keine Angst haben. Ich bin ganz ruhig. Sie müssen wirklich keine Angst haben. Wenn Sie machen, was ich Ihnen sage.

Nein, ich will mich nicht hinsetzen. Diesen Overall ziehe ich sonst an, wenn es an meinem Auto etwas zu schrauben gibt, und der Lauf vom Sturmgewehr ist eingefettet. Ich will Ihnen keine Flecken machen. Wo Sie es doch wirklich schön haben hier.

Es sind die Märkte, haben sie am Fernsehen gesagt, und dass es diesmal noch schlimmer gekommen ist als die letzten beiden Male. Die Sache mit diesen Krediten in Amerika und dann die Eurokrise, damals. Noch schlimmer. Man hat gemeint, sie hätten neue Regeln gemacht für die Banken, und so etwas könne nie mehr passieren. Aber man hat die Regeln nicht durchgesetzt, weil ein paar Länder nicht mitmachen wollten, und dann hätten die einen Vorteil gehabt. Als ich noch ein Bub war, hat mich mein Vater einmal beim Rauchen erwischt, und als ich gesagt habe, dass es alle anderen in der Klasse auch machen, da hat er mich gefragt: «Und wenn alle anderen in der Klasse im dritten Stock aus dem Fenster springen, machst du es dann auch?» Aber er war eben nur ein Briefträger und kein Bänkler.

Die Märkte, haben sie gesagt. Als ob das etwas wäre, wo man nichts dagegen machen kann. Wie die Grippe oder ein Wirbelsturm. Etwas, das einfach passiert. Dabei sind das doch auch nur Leute. Der eine denkt sich etwas aus, mit dem er Geld verdienen kann, und der andere noch etwas Besseres, und der nächste und der nächste, und dann heisst es plötzlich: «Bis auf weiteres geschlossen.» Und das Geld, das man auf der Bank hat, bekommt man nicht mehr raus. Vielleicht später, haben sie im Fernsehen gesagt. Zumindest einen Teil davon.

Es ist aber mein Geld. Ich habe es verdient. Abgeknapst habe ich es mir. Dreiundvierzigtausendzweihundertelf Franken. Die gehören mir, und wenn ich sie abheben will, dann lasse ich mir von niemandem sagen «Bis auf weiteres geschlossen». Nur weil so ein paar gottverdammte Arschlöcher …

Sie müssen nicht zittern, Frau Maillard. Es passiert Ihnen nichts. Wenn Ihr Mann das Geld bringt, passiert Ihnen nichts. Dann ist wieder alles in Ordnung. So, wie es sein muss.

Es ist ein Run, haben sie am Fernsehen gesagt, und die Leute sind unvernünftig. Denken Sie das auch, Frau Maillard? Ist es unvernünftig, wenn man bekommen will, was einem zusteht? Ist das verrückt?

Okay, dass einer sein Sturmgewehr mitnimmt, um eine Abhebung zu machen, das ist vielleicht ein bisschen ungewöhnlich. Aber nicht verrückt. Damals, als unsere Kompanie das Gewehr bekommen hat, hat der Hauptmann gesagt: «Denkt immer daran, dass ihr mit dieser Waffe euer Land verteidigen sollt. Dass ihr bereit sein sollt, wenn eure Werte bedroht werden.» Ich finde, jetzt sind sie bedroht. Wenn eine Bank einfach sagen kann: «Tut uns leid, aber wir sind gerade nicht flüssig» – dann ist die Schweiz bedroht. Dann muss man sich wehren und die Sache wieder in Ordnung bringen.

Dreiundvierzigtausendzweihundertelf. Ein schöner Teppich ist das hier, Frau Maillard. Ich bin sicher, der hat mehr gekostet als dreiundvierzigtausend. Wäre doch schade, wenn er Blutflecken bekäme. Meine Frau sagt immer, das sind die schlimmsten. Die bringt man fast nicht mehr raus.

Aber es muss ja nicht passieren. Ich mache hier meine Abhebung, ganz ordentlich, und dann gehe ich wieder. Ich bin sicher, Ihr Mann wird einverstanden sein. Abhebungen, das gehört doch zu seinem Beruf. Zum Kundendienst. Gut, vielleicht ist es ein bisschen umständlich, dass er dafür extra noch einmal nach Hause fahren muss, aber er hat ja ein bequemes Auto. Und hinterher, glaube ich, wird er die Sache ganz schnell vergessen. Wird niemandem davon erzählen. Auch nicht der Polizei. Weil es noch viele andere gibt, so wie mich, und die haben alle auch ein Sturmgewehr im Schrank. Haben alle auch immer brav das Obligatorische geschossen. Meinen Sie, Sie können ihm das erklären, Frau Maillard?

Dann ist gut. Dann ist alles in Ordnung. Dann rufen Sie Ihren Mann jetzt an. Wenn Sie so gut sein wollen.

Vereinsversammlung

ein Protokoll

Protokoll der ordentlichen Mitgliederversammlung des Dramatischen Vereins Signau vom 16. Januar 2064, 10:30 Uhr im «Pickwick Pub» (ehemals «Sternen»)

Anwesend:
Gehrig, Antonia; Kaiser, Klara; Nyffeler Markus; Rüegsegger Otto; Schäufele, Franziskus
Entschuldigt:
Häfeli, Hanspeter; Pfister, Andrea

1. Begrüssung
Otto Rüegsegger als Vizepräsident übernimmt für den krankheitshalber abwesenden Hanspeter Häfeli den Vorsitz und stellt fest, dass die Mitgliederversammlung fristgerecht einberufen und beschlussfähig ist. Die Anwesenden erheben sich zu einer Schweigeminute für die seit der letzten Versammlung verstorbenen Mitglieder Pedretti Simone und Zbinden Kurt.

In Anbetracht der geringen Teilnehmerzahl schlägt der Vorsitzende vor, auf die Wahl von Stimmenzählern zu verzichten. Dem wird durch Handerheben zugestimmt. Ebenfalls durch Handerheben wird Franziskus Schäufele als Schriftführer bestimmt.

Antonia Gehrig stellt den Geschäftsordnungsantrag, dem erkrankten Präsidenten eine Karte mit den besten Wünschen für eine gute Genesung ins Spital zu schicken. Sie hat eine entsprechende Karte mitgebracht. Dem Antrag wird zugestimmt.

Zusatzantrag Klara Kaiser: Auch an das Mitglied Andrea Pfister (zur Zeit auf Kur) sollen Besserungswünsche geschickt werden. Klara Kaiser erklärt sich bereit, eine entsprechende Karte auf eigene Kosten zu besorgen und die Unterschriften der Sitzungsteilnehmer nachträglich einzuholen. Auch diesem Antrag wird zugestimmt.

2. Genehmigung des Protokolls

Das Protokoll der Mitgliederversammlung vom 4. Februar 2063 wird einstimmig genehmigt und die Arbeit des Schriftführers verdankt.

3. Genehmigung der Rechnung

Die Jahresrechnung des Vereins hat der Einladung beigelegen. Das Vereinsvermögen beträgt noch Fr. 489.45. Antonia Gehrig als Kassiererin erklärt den Rückgang des Vermögens mit dem schlechten Besuch bei der letzten Produktion «Es Dürenang ufem Sunnehof». Die Rechnung wird einstimmig genehmigt und der Kassiererin Decharge erteilt.

4. Auswahl des nächsten Theaterstücks

Der Vizepräsident fragt die Anwesenden, ob jemand ein Theaterstück für die Spielzeit 2064/65 vorzuschlagen habe. Es werden keine Vorschläge gemacht.

Man ist sich einig, dass es sehr schwierig sei, geeignete Stücke zu finden, die sich mit der doch sehr geringen Zahl von verbliebenen Mitgliedern inszenieren liessen. Entsprechende Anfragen bei den Volkstheaterverlagen haben keine brauchbaren Ergebnisse gebracht. Der Verlag «Fidelitas», von dem man in den letzten Jahren die meisten Stücke bezogen hat, existiert überhaupt nicht mehr.

Otto Rüegsegger bestätigt die Schwierigkeit und fügt ergänzend hinzu, ein weiteres Problem sei die Tatsache, dass in praktisch allen Stücken junge Leute vorkämen (Liebespaare o.ä.).

Antonia Gehrig erkundigt sich nach den Ergebnissen der bei der letzten Mitgliederversammlung beschlossenen Suche nach neuen Mitgliedern. Leider können keine Erfolge vermeldet werden. Der Neffe von Franziskus Schäufele, der sich für ein Mitmachen eventuell interessiert hätte, hat ein Studium in St. Gallen begonnen und ist praktisch nie mehr im Dorf. Das ist besonders bedauerlich, weil er fast fliessend Berndeutsch sprechen kann, wenn er sich Mühe gibt.

Klara Kaiser bedauert, dass der in Konolfingen geplante Berndeutschkurs für junge Leute mangels Interesse nicht zustande gekommen sei. Schuld daran ist ihrer Meinung nach das Fernsehen, wo in praktisch allen Sendungen nur noch dieses Bahnhofbuffet-Olten-Mischmasch gesprochen wird, und wo erst noch jedes zweite Wort Englisch ist.

Markus Nyffeler stellt zur Debatte, das nächste Stück nicht auf Berndeutsch, sondern in dem auch im Emmental allgemein gesprochenen Schweizerdeutsch oder sogar in der Schriftsprache zu inszenieren. Es sei nun mal eine Tatsache, dass gerade bei den jungen Leuten kaum noch das traditionelle Berndeutsch gesprochen werde. Vor allem nicht bei den Studierten, wo doch die Vorlesungen alle auf Englisch stattfinden. Wenn keine Berndeutschkenntnisse mehr verlangt würden, werde es bestimmt leichter sein, die junge Generation für ein Mitmachen im Verein zu gewinnen.

Antonia Gehrig erklärt, dass sie sofort aus dem Verein austreten werde, wenn nicht mehr auf Berndeutsch gespielt wird. Sie beherrsche diese neumodische Sprache nicht und habe auch gar nicht die Absicht, auf ihre alten Tage noch umzulernen.

Markus Nyffeler meint, man müsse mit der Zeit gehen. Er habe in seiner Zeit als Gemeindesekretär auf alle Fälle nur gute Erfahrungen gemacht, seit in der Schweiz Englisch als zusätzliche Amtssprache eingeführt worden sei.

Otto Rüegsegger erinnert daran, dass in den Vereinsstatuten ausdrücklich von «Förderung des berndeutschen Theaters» die Rede ist.

Markus Nyffeler schlägt vor, dann eben die Statuten zu ändern. Da eine Mehrheit der Vereinsmitglieder anwesend sei, könne man von ihm aus jetzt sofort darüber abstimmen.

Der Schriftführer weist darauf hin, dass eine solche Abstimmung statutenwidrig wäre, da Anträge auf Statutenänderung spätestens drei Wochen vor der Mitgliederversammlung eingereicht und in der Traktandenliste aufgeführt sein müssen.

Markus Nyffeler schlägt vor, dann wenigstens eine Konsultativabstimmung durchzuführen. Dem wird zugestimmt.

Die Konsultativabstimmung ergibt eine Mehrheit von vier zu einer Stimme gegen den Verzicht auf Berndeutsch bei den Aufführungen.

Otto Rüegsegger fragt noch einmal, ob jemand einen Vorschlag für ein Stück für den nächsten Winter habe. Es werden keine Vorschläge gemacht. Der Vorsitzende unterbricht die Sitzung und schlägt vor, nach dem Essen weiterzumachen. Dem wird zugestimmt.

Unterbrechung der Sitzung 11:40.

Wiederbeginn der Sitzung 14:20.

5. Fortsetzung der Diskussion

Der Vorsitzende stellt den Antrag, in Anbetracht der Schwierigkeit, ein geeignetes Stück zu finden, in diesem Jahr auf eine Inszenierung zu verzichten und die Zeit dazu zu verwenden, intensiv nach neuen, insbesondere jüngeren Mitgliedern zu suchen.

Markus Nyffeler wendet ein, dass man bereits seit Jahren vergeblich versuche, junge Leute für den Verein zu finden. Man müsse sich wohl oder übel damit abfinden, dass Berndeutsch als Sprache auf dem absteigenden Ast sei und bald nur noch von alten Leuten richtig gesprochen werde. Das gehe im übrigen den anderen Dialekten genau gleich. An der letzten Basler Fasnacht sei mindestens die Hälfte aller Schnitzelbänke hochdeutsch vorgetragen worden. Irgendwann gehe es mit den einzelnen Dialekten wie mit dem Rätoromanischen, das gebe es auch praktisch nur noch einmal pro Woche am Radio.

Franziskus Schäufele macht darauf aufmerksam, dass die Anwesenden alle nicht jünger würden. Im übernächsten Jahr sei er 75, und er könne nicht garantieren, dass er dann noch die Kraft habe, in einem Theaterstück mitzuspielen.

Antonia Gehrig berichtet von ihrem Besuch im Spital beim Präsidenten Hanspeter Häfeli. Sie habe sich mit ihm auch über dieses Problem unterhalten, und er sei der Meinung gewesen, man müsse daran denken, den Verein irgendwann aufzulösen, so lang man das noch in Würde tun könne. Sonst gehe es einem dann irgendwann wie der Blasmusik, die zwar offiziell noch existiere, aber bei Beerdigungen nicht einmal mehr ein Quartett für einen Choral zusammenbringe.

Klara Kaiser fragt, ob es nicht besser wäre, mit den «Spielleuten» aus Langnau zu fusionieren. Otto Rüegsegger muss mitteilen, dass die «Spielleute» seit letztem Sommer nicht mehr existieren.

Markus Nyffeler meint, ein Ende mit Schrecken sei besser als ein Schrecken ohne Ende, und fragt, ob man über eine Auflösung des Vereins hier an Ort und Stelle beschliessen könne, oder ob es dafür eine ausserordentliche Mitgliederversammlung brauche.

Der Schriftführer legt dar, dass ein solcher Beschluss auch ausserhalb der Traktandenliste möglich wäre, da es sich dabei nicht um eine Statutenänderung, sondern um eine in den Statuten ausdrücklich vorgesehene Möglichkeit handle. Allerdings könne ein solcher Beschluss nur mit Zweidrittelmehrheit der anwesenden Mitglieder getroffen werden.

Markus Nyffeler stellt den Antrag auf Auflösung des Vereins.

Klara Kaiser unterstützt den Antrag.

Die Abstimmung ergibt eine Mehrheit von vier zu einer Stimme für die Auflösung.

Antonia Gehrig gibt eine persönliche Erklärung ab. Eigentlich sei sie ja immer noch gegen die Auflösung, aber im Interesse der Geschlossenheit und Solidarität, die man im Dramatischen Verein Signau immer gepflegt habe, sei sie bereit, sich den anderen anzuschliessen und nachträglich doch mit ja zu stimmen. Der Antrag auf Auflösung ist damit einstimmig angenommen.

6. Diverses

Der Schriftführer macht darauf aufmerksam, dass das Vereinsvermögen bei Auflösung gemäss Statuten «an einen Verein mit ähnlicher Zielsetzung» weiterzugeben sei.

Otto Rüegsegger meint, da man wohl der letzte Verein sei, der das Berndeutsche noch hochgehalten habe, schlage er vor, als letzte Vereinsaktivität ein grosses Abendessen für alle Mitglieder im «Pickwick Pub» durchzuführen und die Kosten dafür aus der Vereinskasse zu bezahlen. Der Vorschlag wird einstimmig angenommen.

Der Vorsitzende schliesst die Sitzung um 15:10.

Für die Richtigkeit:

Der Schriftführer

Schäufele, Franziskus

Stau

ein Drehbuch

Aufblenden.
Aus der Perspektive eines Helikopters fliegt die Kamera über eine geschlossene Wolkendecke. Wir hören aber nicht das Knattern des Helikoptermotors, sondern die typischen Geräusche einer Autobahn. Ein Wagen nach dem andern scheint ganz in der Nähe vorbeizurasen.
Die Kamera taucht in die Wolkendecke ein. Das Autobahngeräusch verstummt. Es wird still.
Ganz still.
Der Titel STAU blendet ein und wieder aus.
Die Kamera sinkt weiter und verlässt die Wolken. Aus der Vogelperspektive sehen wir eine hügelige Landschaft, durch die sich das Band einer achtspurigen Autobahn schlängelt. Je mehr wir uns dem Boden nähern, desto deutlicher wird: Die Autos bewegen sich nicht. Stossstange an Stossstange stehen sie in dichten Reihen hintereinander. Die meisten Wagen sind bis unters Dach mit Koffern vollgepackt. Manche haben Surfbretter und Ähnliches auf dem Dach befestigt. Man merkt: Es geht in die Ferien.
Liebliche pastorale Musik.
Langsam näher kommend, sehen wir in einzelnen kurzen Sequenzen, dass sich die Fahrer der Autos auf eine längere Wartezeit eingerichtet haben:

- Ein Mann macht mit seiner Frau und zwei kleinen Kindern

neben dem Auto Dehnungsübungen. Alle vier sind mit viel Spass bei der Sache.

- Die Fahrer zweier nebeneinander stehender Lastwagen haben die Fenster hinuntergekurbelt, zwischen die beiden Fenster ein Brett gelegt und klopfen einen Jass.
- Eine Familie picknickt an einem mit Lebensmitteln und Getränken vollgestellten Klapptisch. Als der Helikopter vorbeifliegt, hebt der Mann grüssend eine Bierflasche.
- etc.

Die Musik bricht abrupt ab. Wir hören das Tonsignal der Verkehrsinformation.

Radiostimme:

Die Verkehrsinformationen von 15:00 Uhr. Der Stau auf sämtlichen Schweizer Autobahnen wird sich voraussichtlich noch längere Zeit nicht auflösen. Die Verkehrsteilnehmer werden auch weiterhin um Geduld gebeten. Alternative Strecken können leider nicht empfohlen werden.

Wieder das Tonsignal. Musik setzt abrupt ein. Ein Duo aus einer männlichen und einer weiblichen Stimme singt in volkstümlichem Ton:

Sänger:

… mit dir im Auto fahr,
isch's schöner als dehei.
Im Auto, das isch wunderbar,
da git's nur no eus zwei.

Sie jodeln im Duett.

Der Helikopter fliegt der Autobahn entlang. Wir sehen weitere Episoden unter den blockierten Automobilisten.

- Eine ältere Frau liegt schweissbedeckt und schwer atmend auf dem Boden. Eine jüngere Frau versucht, ihr mit einer

Zeitung Luft zuzufächeln und gleichzeitig einen Sonnenschirm über sie zu halten.

- Durch das offene Fenster eines Autos sehen wir einen quengelnden kleinen Jungen. Neben ihm sitzt seine Mutter und redet beruhigend auf ihn ein. Dem Vater, der am Steuer sitzt, reisst die Geduld. Er wendet sich nach hinten und verpasst dem Jungen eine Ohrfeige. Der Junge flennt noch lauter.
- Ein Auto scheint mit dem vor ihm stehenden Wagen kollidiert zu sein. Die beiden Fahrer stehen nebeneinander und betrachten den Schaden. Sie streiten sich mit wütenden Gesten.
- etc.

Sänger:

Wänn ich mit dir im Auto sitz,
dänn isch das wunderschön!
Mir chömed vorwärts wie de …

Die Musik bricht abrupt ab. Wir hören das Tonsignal der Verkehrsinformation.

Radiostimme:

Verkehrsinformation. Da sich die Verkehrslage auf den Schweizer Autobahnen in absehbarer Zeit nicht verändern wird, bitten ACS und TCS alle Verkehrsteilnehmer, mit ihrem Reiseproviant, insbesondere mit Getränken, haushälterisch umzugehen. Die Behörden bemühen sich, die Versorgung aufrechtzuerhalten; Einsatzfahrzeuge sind unterwegs. Es ist aber mit langen Wartezeiten zu rechnen.

Wieder das Tonsignal. Musik setzt abrupt ein: eine gefühlvolle Instrumentalfassung des Liedes «S'Schwiizer Ländli isch so chlii, aber schöner chönnt's nöd sii».

Der Helikopter fliegt der Autobahn entlang. Wir sehen weitere Episoden unter den Autofahrern.

– Aus der offenen Türe eines Autos ragen die Beine einer hochschwangeren Frau, die auf dem Beifahrersitz mehr liegt als sitzt. Ihre Familie bemüht sich hilflos um sie. Ganz offensichtlich hat die Geburt eingesetzt.
– Ein Mann steigt wütend aus seinem Wagen und knallt die Türe hinter sich zu. Ganz automatisch verriegelt er den Wagen mit der Fernbedienung seines Autoschlüssels. Er realisiert, was er getan hat, wirft den Autoschlüssel angewidert auf den Boden und stapft davon.
– Ein junger Mann ist auf das Dach seines Autos geklettert und kratzt darauf herum. Aus der Perspektive des Helikopters sehen wir, dass er bereits die Buchstaben HILF in den Lack gekratzt hat.
– etc.

Die Musik bricht abrupt ab. Wir hören das Tonsignal der Verkehrsinformation.

Radiostimme:

Da bei der gegenwärtigen Verkehrssituation auch für Krankenwagen und Polizeifahrzeuge kein Durchkommen ist, werden die Anrainer von Autobahnen gebeten, eventuell auf der Suche nach Nahrung und Hilfe herumirrende Personen gastfreundlich aufzunehmen.

Wieder das Tonsignal. Musik setzt abrupt ein: feierliche klassische Musik, wie bei einem Staatsakt aus traurigem Anlass.

Der Helikopter fliegt der Autobahn entlang. Wir sehen weitere Episoden:

– Zwei offensichtlich betrunkene Männer bahnen sich torkelnd einen Weg zwischen den stehenden Autos. Mit Bierflaschen, die sie wie Keulen benützen, schlagen sie die Fenster der Autos ein, an denen sie vorbeikommen.

– Eine elegant gekleidete Frau sitzt am Steuer ihres Wagens und isst ein Sandwich. Ein Mann reisst die Türe auf und bedroht sie mit einer Pistole. Streckt fordernd die Hand aus. Als die Fahrerin sich weigert, ihr Sandwich herzugeben, schiesst er.
– Mitten in der Kolonne steht ein Auto in Flammen. Schwarzer Rauch steigt auf. Niemand scheint sich darum zu kümmern.
– etc.

Die Musik bricht abrupt ab. Wir hören das Tonsignal der Verkehrsinformation.

Radiostimme:

Verkehrsinformation. Es gibt keine Verkehrsinformation. Es gibt überhaupt keine … überhaupt keine …

Die Stimme überschlägt sich und geht in ein Schluchzen über. Dann bricht sie ab. Rauschen. Jemand scheint am Empfangsgerät herumzuspielen. Wir hören schnell wechselnde Sender, Musik- und Sprachfetzen.

Der Helikopter fliegt der Autobahn entlang. Wir sehen weitere kurze Sequenzen:

– Ein weinender Mann schlägt mit einem Baseballschläger auf sein Auto ein. Und schlägt und schlägt.

Sängerin:

Niene geit's so schön und luschtig wie bi-n-eus im …

Der schnelle Wechsel zwischen den Sendern geht weiter.

– Vor einem Wohnmobil wartet eine Schlange von Männern. Die Türe geht auf, und ein Mann kommt heraus. Er knöpft sich die Hose zu. Eine Frau in einem schlampigen Morgenmantel erscheint in der Türe. Sie sieht den ersten Mann in der Reihe fragend an. Er hält ihr einen Apfel hin. Sie nickt und winkt ihn herein.

Sprecherin:

... mit einem lustigen Fragespiel. So vergeht für die lieben Kleinen auch die längste Autofahrt wie im Flug ...

Der schnelle Wechsel zwischen den Sendern geht weiter.

– Eine Gruppe von Menschen kniet zwischen den Autos vor einem aus zwei Wasserskiern improvisierten Kreuz. Sie beten.

Stimme aus dem Radio:

... für alle Nostalgiker ein Golden Oldie von Karel Gott ...

Der schnelle Wechsel zwischen den Sendern geht weiter.

Der Helikopter, weiter der Autobahn entlangfliegend, steigt allmählich höher. Die Landschaft erscheint in einer immer grösser werdenden Totale. Das endlose Band der gestrandeten Autos windet sich durch Täler, klettert über Hügel, verschwindet in Tunnels und überquert Flüsse auf elegant geschwungenen Brücken.

Nachrichtensprecher:

... bestätigte noch einmal seine Überzeugung, dass der Individualverkehr in der Verkehrsplanung absoluten Vorrang haben müsse. Die Mobilität des einzelnen und die freie Wahl des Verkehrsmittels seien Grundrechte, für die man auch weiterhin mit vollem Einsatz kämpfen werde. Vordringlich sei insbesondere der rasche Bau einer vierten Röhre am Gotthard sowie ...

Die Stimme blendet allmählich aus. In absoluter Stille durchsticht der Helikopter im Aufsteigen die Wolkendecke. Ringsumher ist nur noch wunderbare Leere unter einem strahlend blauen Himmel.

Das «Halleluja» von Händel setzt ein.

Darüber die Schlusstitel.

Liebe Donjeta

ein Brief

Liebe Donjeta,
ich habe Dir lang nicht geschrieben, zu lang, ich weiss, und jetzt, wo ich es endlich tue, ist es aus einem traurigen Grund. Ich muss Dir mitteilen, dass mein Mann Philipp vor einer Woche verstorben ist.

Ich bin sicher, Du wärst bei seiner Beerdigung gern dabei gewesen. Aber in der kurzen Zeit hättest Du ja doch kein Visum für eine Reise in die Schweiz bekommen. Es war auch kein wirklich feierlicher Anlass, obwohl viele Leute gekommen sind. Es ist einfach nicht mehr dasselbe, seit sie die Gräber mit dem Bagger ausheben und auch wieder zumachen. Sie sagen, es geht nicht anders. Sie finden keine Leute mehr, die eine Schaufel in die Hand nehmen. Das hat man jetzt halt.

In seinen letzten Tagen hat Philipp immer wieder nach Dir gerufen. Oder doch rufen wollen. So richtig ging das nicht mehr, weil die Krankheit am Schluss auch seine Stimmbänder angegriffen hat. Zumindest glaube ich, dass es die Stimmbänder waren. So ganz genau weiss man das nicht. Im Spital hätten sie es vielleicht herausgefunden, aber ins Spital ist er ja nicht mehr gekommen. Sie sind jetzt sehr streng mit den Wartezeiten, und wenn man nicht wirklich ein Notfall ist, kommt man auf der Liste nicht weiter nach vorne. Natürlich, nachher hat man gewusst, dass er ein Notfall gewesen wäre, aber da war es zu spät.

«Donjeta», hat er geflüstert. Wenn man ihn gut gekannt hat, hat man es verstanden. Ich bin sicher, es freut Dich, dass er Dich nicht vergessen hat. Obwohl es auch schon so lang her ist, dass Du die Schweiz hast verlassen müssen.

Einmal habe ich ihm aus Spass Antwort gegeben, als ob ich Du wäre. «Ja, Herr Studli?», habe ich gesagt. Habe den Namen extra falsch ausgesprochen, so wie Du es immer gemacht hast. Weil Du das Ü doch nie richtig herausgebracht hast. Der Reto sagt, einen Ton, den man nicht schon als Kind gehört hat, kann man als Erwachsener nie mehr unterscheiden. Er lässt dich grüssen, der Reto. Er und seine Katharina haben immer noch nicht geheiratet, obwohl sie schon so lang davon reden. Sie finden einfach nicht die Zeit, in Ruhe etwas zu planen. Seit man keine Leute mehr bekommt, müssen sie beide fast jeden Tag länger arbeiten. Und am Wochenende auch.

Der Philipp hat damals gelacht, als ich «Herr Studli» gesagt habe. Gelächelt auf jeden Fall. Du weisst ja, was für ein Humorvoller er immer gewesen ist. Und einmal

Jetzt ist es nachts um zwölf. Ich schlafe nicht mehr gut in letzter Zeit, und dabei war ich doch einmal ein richtiges Murmeltier. Aber alles hat auch seine guten Seiten, hat der Philipp immer gesagt. Jetzt kann ich wenigstens den Brief an Dich fertig schreiben.

Hast Du eigentlich das Deutschbuch noch, das wir Dir damals geschenkt haben? Richtig beleidigt warst Du, als Du es ausgepackt hast, an Deinem Geburtstag. Weil es ja eigentlich ein Schulbuch für Kinder war. Aber dann hast Du angefangen zu üben und warst ganz stolz auf Deine Fortschritte. Zu Recht. Du hast Talent für Sprachen.

Einmal, das war noch ganz am Anfang, hast Du gefragt:

«Warum reden die Leute hier eigentlich anders, als es in meinem Buch steht?» Du hattest die Schweiz noch nicht verstanden damals, mit dem Dialekt, und dass man im Laden nicht einfach sagt «Geben Sie mir das und das», sondern immer «Chönnt ich bitte» und «Würdet Sie bitte». Aber Du hast es schnell gelernt.

Ehrlich gesagt, zuerst habe ich es nicht richtig geglaubt, als Du erzählt hast, dass Du bei Dir zu Hause einmal angefangen hattest zu studieren. Unterdessen glaube ich es. Hast Du damit weitermachen können? Wahrscheinlich nicht, bei euch soll das ja sehr teuer sein. Bei uns kann es sich im Prinzip jeder leisten, und es gibt auch wieder genug Studienplätze, auch für Mediziner. Nur bei den Professoren ist es ein Problem. Da fehlen halt schon viele.

Aber das wird Dich alles wahrscheinlich gar nicht mehr interessieren. Manchmal denke ich: «Die Donjeta hat uns sicher schon lang vergessen.» Wir hätten uns auch mehr melden müssen, natürlich. Eine Karte zu Neujahr und ein Päckchen zum Geburtstag, das ist nicht genug. Sind eigentlich die Luxemburgerli letztes Jahr unzerquetscht angekommen? Der Philipp hat damals noch einen seiner Witze gemacht und gesagt: «Du nimmst es aber sehr genau mit Ausländer aus dem Land schicken.» Ich habe zuerst gar nicht verstanden, was er gemeint hat. Man denkt ja bei Luxemburgerli nicht gleich an Luxemburger, und dass das keine Schweizer sind. Das war so ein richtiger Philipp-Spruch, um drei Ecken herum, und er freut sich auch noch, wenn man ihn nicht sofort versteht. Du kennst ihn ja.

Du hast ihn ja gekannt.

Weisst Du eigentlich, dass ich immer ein bisschen eifersüchtig auf Dich war? Wegen dem Tee, dem Du ihm zum

Znüüni und zum Zvieri an den Schreibtisch gebracht hast. So etwas Blödes, aber so war es. Weil er immer gesagt hat: «Nur die Donjeta kocht mir den Tee so, wie ich ihn gern habe.» Ich fand das unfair. Natürlich, kochen konntest Du immer besser als ich. Aber einen Tee hätte ich schon auch noch hinbekommen. Kochen ist immer eine Frage der Zeit, die man hat. Wenn man berufstätig ist, muss es halt oft hopphopp gehen.

Jetzt hätte ich genügend Zeit, seit ich meine Stelle aufgegeben habe. Es war einfach nicht mehr zu machen, ohne Haushaltshilfe und mit dem kranken Mann. Es ist alles so viel umständlicher geworden. Nur schon, dass der Güsel nur noch alle vier Wochen abgeholt wird, das kostet so viel Zeit. Ich habe Nachbarn (die Gertschwilers, Du erinnerst Dich vielleicht), die stapeln die Säcke einfach auf dem Balkon, aber ich finde das ekelhaft, nur schon wegen dem Geruch. Marschiere also brav mit jedem vollen Sack zur Sammelstelle, zwanzig Minuten hin und zwanzig Minuten zurück. Ich könnte natürlich auch mit dem Bus, aber das wäre mir peinlich, mit einem Sack voller Abfall. Philipp hat immer gesagt: «Führst du wieder mal deine modische Handtasche spazieren?»

Man müsste, wie früher, jemanden anstellen können, der einem mit diesen Sachen hilft. Aber wenn es jemanden gäbe, hätte man das ganze Problem ja nicht und würde vielleicht gar niemanden brauchen. Das hat man jetzt halt. Eine Schweizer Haushaltshilfe, daran muss man nicht einmal denken. Das können sich nur die allerreichsten Leute leisten. Der Reto hat zwar immer gemeint, ich solle den Philipp einfach machen lassen, ihn zur Selbständigkeit zwingen, aber das wäre nicht gegangen. Du weisst ja, er kann sich nicht einmal ein Spiegelei machen.

Konnte sich nicht einmal

«Seit wann bist du so eine Heulsuse?», würde er jetzt fragen. Ich will auch gar nicht weinen. Weil es nichts nützt. Aber manchmal schüttelt es mich einfach. Vor allem, wenn ich versuche, die Sachen vom Philipp zu sortieren, damit man weiss, was man verschenken kann und was einfach wegwerfen.

Der Reto meint, ich soll nicht zu Hause herumsitzen, sondern wieder anfangen zu arbeiten. Eine Stelle zu finden wäre auch in meinem Alter kein Problem, sagt er, sie nähmen jetzt jeden. Was natürlich stimmt, aber er hätte es freundlicher formulieren können. Ich werde es wahrscheinlich tun. Mir eine Stelle suchen. Vielleicht sogar im Spital. Ich bin zwar nicht die Geschickteste, aber sie brauchen auch Leute zum Bettpfannen-Leeren. Immer nur allein in der leeren Wohnung, das halte ich sowieso nicht aus. Sonst denke ich nur den ganzen Tag daran, dass er noch leben könnte.

In den Spitälern merkt man es am meisten, dass die Leute fehlen. In der Uniklinik haben sie ein ganzes Stockwerk stillgelegt. Es nützt ja nichts, wenn sie die Leute aufnehmen, und dann ist niemand da, der sie pflegen kann. Kannst Du Dich erinnern, damals als sie bei mir auf dem Röntgenbild diesen Knubbel gesehen haben? Als der Dr. Mencke (der ist jetzt auch nicht mehr da) meinte, es könnte vielleicht Krebs sein, was es ja dann zum Glück nicht war? Da hatte ich doch diese nette tamilische Krankenschwester, die mir immer Blumen ins Zimmer gestellt hat, auch wenn gar keine für mich gekommen waren. So eine Kleine, ein richtiger Bodensurri, wenn Du noch weisst, was das ist. Mit einem komplizierten Namen, den ich nicht aussprechen konnte. Solche Leute fehlen jetzt hier. Ich hoffe, sie hat wieder eine Stelle gefunden auf Sri Lanka. Sie sollen dort ja nicht so viele Spitäler haben. Wie ist das eigentlich bei euch?

Draussen hat es gerade zwei Uhr geschlagen. Früher ist mir nie aufgefallen, wie laut Glocken sind, aber früher habe ich um diese Zeit auch geschlafen. Es schlägt auf die Sekunde genau pünktlich. Das ist sicher ein Automat, der das Geläut betätigt. Einen Menschen, der die ganze Nacht wach bleibt und alle Viertelstunden an einem Seil zieht, oder wie man das macht, würde man bestimmt nicht mehr finden. Auch das Tram fährt jetzt nur noch ab sieben Uhr und in viel grösseren Abständen als zu Deiner Zeit.

Zu Deiner Zeit. Man schreibt das so hin, und wenn man es wieder liest, kommt es einem blöd vor. Als ob die Zeit damals euch gehört hätte und dann, nach der Abstimmung, nur noch uns Schweizern. Wenn das so wäre, müsste man meinen, dass ihr einen Teil davon mitgenommen habt. Wir haben jetzt nämlich viel weniger Zeit als vorher.

Manchmal denke ich, diese Abstimmung mit «Alle Ausländer aus dem Land» und «Die Schweiz den Schweizern» war ein Fehler. Aber einundfünfzig Prozent sind einundfünfzig Prozent, und das Volk ist der Souverän.

Ich grüsse Dich ganz herzlich und würde mich freuen, auch von Dir wieder einmal etwas zu hören.

Deine
Barbara Stüdli-Maienfelder

PS: Dein Tee war wirklich besser als meiner. Ich verstehe, dass er dem Philipp so gut geschmeckt hat, aber eben. Das hat man jetzt halt.

Vom Kaninchen und seinen Nachbarn

eine Fabel

Es war einmal ein Kaninchen, dem war es verleidet, mit all den anderen Kaninchen im selben Bau zu leben und zu arbeiten. «Es ist mir zu eng hier», sagte es zu seinen Nachbarn, «jeden Tag muss ich zusehen, wie ihr esst, muss riechen, wie ihr verdaut, und wenn ihr kleine Kaninchen macht, muss ich mir euer Grunzen anhören.» Das entsprach zwar nicht wirklich den Tatsachen, weil Kaninchen beim Kaninchenmachen nicht grunzen, aber das Kaninchen hatte sich einmal durch die ersten hundert Seiten eines Wörterbuches durchgenagt und neigte seither zu rhetorischen Übertreibungen. «Als modernes Säugetier der Gattung Oryctolagus cuniculus», sagte es zu den anderen, «stellt man in kultureller, sozialer und hygienischer Hinsicht nun mal höhere Ansprüche an sein persönliches Umfeld, als das bei unseren Vorfahren der Fall gewesen sein mag.»

Seine Nachbarn waren beeindruckt, erstens wegen dem, was es sagte, und zweitens, weil es das so gebildet auszudrücken verstand. Aber Einwände hatten sie trotzdem. «Kaninchen sind nicht dazu bestimmt, allein zu leben», grummelte ein alter, grauhaariger Kaninchenmann.

«Ich werde nicht allein sein», sagte das Kaninchen. «Meine Familie ist zwar noch klein, aber es wird bestimmt nicht bei vierundzwanzig Jungen bleiben. Nicht wahr, Schatz?»

Seine Frau errötete, was man wegen ihres weissen Fells aber nicht sehen konnte. Sie war eine geborene Angora.

«Ich will meinen Kindern eine unbeschwerte Jugend bieten können», sagte das Kaninchen, «mit genügend Platz zum Herumtollen und einem eigenen Garten.»

«Aber wo willst du so einen Ort finden?», fragten seine Nachbarn ungläubig und ein kleines bisschen neidisch.

«Natürlich nicht hier», sagte das Kaninchen, «wo sich ein überfüllter Bau an den andern drängt und man nur mit Glück eine Ecke findet, in der nicht schon jemand wohnt. Aber draussen im Grünen …» Er sprach das Wort so sehnsüchtig aus, dass es wie ein Gebet geklungen haben würde, wenn Religion für Nagetiere nicht etwas völlig Fremdes wäre. «Draussen im Grünen», sagte er, «da hat es noch Luft zum Atmen, und die Aussicht ist einem nicht in jeder Richtung von Maulwurfshügeln verstellt. Draussen im Grünen, da kann ein Kaninchen noch Kaninchen sein, da kann man noch leben, wie es einem gefällt. Wenn mich dort, sagen wir, die Lust auf einen Purzelbaum überkommt, muss ich keine Angst haben, jemandem auf dem Kopf zu landen. Ich will endlich Platz haben, und den finde ich im Garten meines Einfamilienhäuschens.»

Als seine Nachbarn das Wort «Einfamilienhäuschen» hörten, da ging ein Mümmeln durch ihre Reihen, und sie sahen das Kaninchen mit neuem Respekt an. Nur einer fragte: «Kannst du dir das denn leisten?»

Das Kaninchen strich sich mit der Pfote über die Löffel, eine Geste, die bei seiner Spezies Stolz ausdrückt, und sagte in wegwerfendem Ton, als ob das die selbstverständlichste Sache von der Welt wäre: «Die Anzahlung habe ich schon geleistet.»

Da staunten die Nachbarn und nahmen sich vor, in Zukunft auch sparsamer zu sein und jede Woche einen Maiskolben auf die hohe Kante zu legen. Nur ein unverbesserlicher Skeptiker hatte noch Einwände. «Wie willst du das denn mit deiner Arbeit machen?», fragte er. «Wie soll das gehen, irgendwo weit draussen wohnen und hier im Bau Körner sortieren?»

«Ich werde pendeln», sagte das Kaninchen, und weil seine Nachbarn dieses Wort zum ersten Mal hörten, fanden sie es alle sehr einleuchtend.

Ein paar Tage später – länger dauerte es nicht, denn bei Kaninchen geht alles ein bisschen schneller – lebte das Kaninchen mit seiner Frau und den sechsunddreissig Kindern in einem Einfamilienhäuschen im Grünen, und es war alles genau so, wie es sich das immer vorgestellt hatte. Das Wohnzimmer war mit feinstem Moos ausgelegt, das Bett mit importierten Bananenblättern bezogen, und gegen Füchse und anderes Raubgetier war eine Alarmanlage aus besonders laut quiekenden Mäusen installiert. In seinem Garten säte das Kaninchen lauter gesunde Kräuter aus, und die gediehen bald so prächtig, dass es wohl einen grünen Daumen haben musste – und das, obwohl Kaninchen doch gar keine Daumen haben.

Ganz besonders aber genoss das Kaninchen die ungestörte Freiheit, die so ein Einfamilienhäuschen mit sich bringt. Wenn es Lust dazu hatte, konnte es jederzeit einen Purzelbaum schlagen, und nicht ein einziges Mal landete es dabei auf dem Kopf von jemand anderem. Wenn es ihm und seiner Frau danach war, Kaninchen zu machen, dann mussten sie dabei auf niemanden Rücksicht nehmen, höchstens dass ihre achtundvierzig aufgeweckten Kinder sie ab und zu beim Rammeln unterbrachen.

Natürlich, am Morgen musste das Kaninchen sehr früh aufstehen, um rechtzeitig zur Arbeit in den Bau zu pendeln, aber die kleine Unannehmlichkeit wurde mehr als aufgewogen durch das wohlige Gefühl, seinen ehemaligen Nachbarn die

Freuden des Einfamilienhäuschenlebens in den prächtigsten Farben schildern zu können. Zugegeben, am Abend kam es erst zu recht später Stunde wieder in seinem Paradies an, aber dann hatte seine Frau schon das Abendessen zubereitet, und wenn es sich hinterher auf dem Gartensitzplatz bequem hinhockte und an seiner Verdauungsmohrrübe knabberte, konnte es seinen Blick über freies Feld bis zum Waldrand schweifen lassen, und da war weit und breit keine Kaninchenseele, die das Idyll gestört hätte. Dann strich sich das Kaninchen wohl mit der Pfote über den angenehm geblähten Bauch und dachte für sich: «Das habe ich gut gemacht.»

Es hätte so schön sein können.

Aber eines Abends, als das Kaninchen wieder einmal sein privates Idyll geniessen wollte, da störte plötzlich ein unangenehmer Anblick den ästhetischen Genuss: Genau dort, wo früher der Löwenzahn so appetitlich gewuchert hatte, hatte jemand eine Scheusslichkeit hingebaut, ein Monstrum, eine Beleidigung für jedes empfindsame Auge. Mit anderen Worten: ein Einfamilienhäuschen. Und dessen Besitzer, ohne Zweifel ein kulturloser Geselle, der von Lebensqualität und Naturgenuss nichts verstand, kam auch noch fröhlich übers Feld gehoppelt, klopfte begrüssend mit den Hinterläufen auf den Boden und sagte ohne jedes Schamgefühl: «Hallo, Herr Nachbar! Ich bin sicher, wir werden uns gut verstehen.»

Es blieb nicht bei dem einen. Wie erwähnt geht bei Kaninchen alles ein bisschen schneller, und so standen am nächsten Tag schon zwei Einfamilienhäuschen auf dem ehemals so wunderbar leeren Feld, am übernächsten vier, dann acht, sechzehn, und irgendwann mehr, als ein Kaninchen zu zählen imstande ist. Und da die neu aufs Land Gezogenen alle auch Kinder hatten, vierundzwanzig, sechsunddreissig und achtundvierzig, war es mit der herrlichen ländlichen Ruhe bald endgültig vorbei, man musste zusehen, wie die andern assen, musste riechen, wie sie verdauten, und wenn sie kleine Kaninchen machten, musste man sich ihr Grunzen – oder wie das Geräusch auch immer heissen mag – anhören. Es war alles wieder genau so, wie es früher im Kaninchenbau gewesen war. Nur dass man, um zur Arbeit zu pendeln, viel früher aufstehen musste als zuvor.

Das Kaninchen wurde jeden Tag unglücklicher, und seine Frau, die eine geborene Angora war und deshalb anspruchsvoll, machte ihm Vorwürfe und sagte: «Wie konntest du nur so dumm sein, den anderen zu erzählen, wie schön wir es hier haben?»

Als eines tristen Tages vom Gartensitzplatz aus nur noch andere Gartensitzplätze zu sehen waren, aber kein Feld mehr und auch kein Wald, da fasste das Kaninchen einen Entschluss. «Ich suche uns einen neuen Platz», sagte es zu seiner Frau, «irgendwo in einer unberührten Landschaft, und wenn wir uns dort ein neues Häuschen gebaut haben, werde ich das Geheimnis für mich behalten und niemandem den Ort verraten.» Dann schnürte es sein Bündel, küsste seine zweiundsiebzig Kinder zum Abschied – was ziemlich lang dauerte, denn bis das Kaninchen mit den zweiundsiebzig durch war, waren es schon sechsundneunzig – und machte sich auf den Weg. Es hatte auch einmal einen Bildband durchnagt, und deshalb wusste es, dass das Land, in dem es lebte, ein wunderschönes Land war, mit unzähligen Wiesen und Auen und Feldern. Da musste sich doch, dachte das Kaninchen, irgendwo noch ein unberührtes Fleckchen Erde finden lassen.

Aber so weit das Kaninchen auch hinauszog – und es zog sehr weit hinaus –, überall, wo es hinkam, waren die Wiesen und die Auen und die Felder schon mit Einfamilienhäuschen zugebaut. Und wenn es bei einem davon an die Tür klopfte und den Besitzer fragte: «Warum bist du hierher gezogen, unter all die anderen Kaninchen?», dann bekam es immer dieselbe Antwort. «Ich wollte endlich allein sein», sagten sie zu ihm, «nur leider wollten das alle anderen auch.»

Da musste das Kaninchen einsehen, dass zu viele andere denselben Traum gehabt hatten wie es selber, und dass deshalb die wunderschöne Landschaft, von der sie alle geträumt hatten, nicht mehr existierte. Traurig kehrte es um und hoppelte quer durch den landesweiten Kaninchenbau den ganzen langen Weg zurück bis zu seinem Einfamilienhäuschen. Aber als es sich auf dem Gartensitzplatz von den Strapazen seiner Expedition erholen wollte, da musste es feststellen, dass es den Gartensitzplatz nicht mehr gab. Den hatten seine hundertachtundzwanzig Kinder, die unterdessen alle auch schon wieder Kinder hatten, während seiner Abwesenheit zubetoniert und überbaut. Seither ist das Kaninchen sehr schweigsam geworden und träumt in der Nacht schreckliche Träume. Seine Frau, die eine geborene Angora ist und deshalb sensibel, liegt dann wach neben ihm auf den Bananenblättern und muss sich anhören, wie es im Schlaf mit den Kaninchenzähnen knirscht und ab und zu ein einzelnes, unverständliches Wort vor sich hin murmelt.

Es klingt wie «Streusiedlung».

Moral: Wer endlich aufs Land will, sollte bedenken, dass das Land endlich ist.

In Gottes Namen

ein Bundesbrief

In Gottes Namen.
Das öffentliche Ansehen und Wohl erfordert, dass Friedensordnungen dauernde Geltung gegeben werde. Und dass man sich an diese Ordnungen dann auch halte, schternesiech. Auch wenn es manchem, sei er Politiker oder Geschäftsmann, verlockend erscheinen mag, alles zu vergessen, was man sich einst versprochen und geschworen hat, und sich feige und untertänig einem übermächtigen Nachbarn in die Arme zu werfen.

Darum haben alle Leute der Talschaft Uri, die Gesamtheit des Tales Schwyz und die Gemeinde der Leute der unteren Talschaft von Unterwalden im Hinblick auf die Arglist der Zeit zu ihrem besseren Schutz und zu ihrer Erhaltung beschlossen, sich von der Gemeinschaft der Leute, die sich immer noch Schweizer nennen und diesen Namen doch gar nicht mehr verdienen, die miese Cheibe, zu lösen und hinfort nichts mehr mit denselben gemein zu haben. Weil diese andern, insbesondere die aus den Ständen von Zürich und Basel, den Bund der Väter verraten haben und es nicht mehr wert sind, zur Gemeinschaft der Eidgenossen gezählt zu werden.

Wir aber, die aus Uri, Schwyz und Unterwalden, wollen uns auch weiterhin mit Beistand, Rat und Förderung, mit Leib und Gut, innerhalb unserer Täler und ausserhalb, nach unserm ganzen Vermögen zur Seite stehen, gegen alle, die uns oder einem von uns Gewalt oder Unrecht an Leib oder Gut antun. Und das gilt, insbesondere und vor allem, für dahergelaufene

Fötzel aus Brüssel, verdammti Schiisshünd, die uns ihre Gesetze und Vorschriften aufzwingen und bei uns ihre Steuern kassieren wollen, als ob wir ein Untertanenvolk wären wie die Franzosen es sind, die Italiener oder die Sauschwaben. Um ihren Forderungen und Ansprüchen zu widerstehen, erneuern wir hiermit den alten, eidlich bekräftigten Bund und versprechen uns aufs Neue, dass jede Gemeinde der andern Beistand zur Abwehr und Vergeltung von böswilligem Angriff und Unrecht leisten wird.

Von jenen aber, die sich immer noch Eidgenossen nennen und dieses altehrwürdige Wort doch nur besudeln und in den Dreck ziehen, trennen wir uns hiermit und sagen uns los. Alle Verträge, die wir mit ihnen geschlossen, und alle Abmachungen, die wir mit ihnen getroffen, erklären wir ab sofort für null und nichtig, so als wären sie nie gewesen. Diese Trennung soll gelten für alle Zeiten, solang die Berge stehn auf ihrem Grunde, aber mindestens so lang, als diese sogenannten Schweizer an ihrem Entschluss festhalten, sich der Europäischen Union, dieser Gemeinschaft von Untertanen, anzuschliessen und hinfort ein Teil davon zu sein. Sauhäfeli, Sauteckeli.

Wir aber, die wir treu zum alten Bunde stehen, haben einhellig gelobt und festgesetzt, dass wir in den Tälern auch weiterhin keinen fremden Richter oder Regenten, der nicht unser Einwohner oder Landmann ist, annehmen wollen, wie immer er sein erschlichenes Amt auch nennen mag. Das gilt insonderheit für all jene, die uns in einer Flut von Paragraphen ertränken und uns vorschreiben wollen, wie wir unsere Kühe zu füttern oder unsere Äcker zu düngen hätten, welche Grösse unsere Äpfel und welche Krümmung unsere Gurken haben dürften, oder die sogar – das würd dene so passe! – unser von Gott gegebenes Recht einschränken wollen, den Steuerfuss unserer Gemeinden selber zu bestimmen. Als ob uns der Herrgott den Kopf nicht zum Denken, sondern zum Nicken gegeben hätte.

Ihre Gesetze, das erklären wir hiermit feierlich, haben für uns keine Gültigkeit, und ihre Schiedssprüche betrachten wir als null und nichtig. Wir wollen es auch weiterhin so halten, wie unsere Väter es gehalten haben, und deren Väter vor ihnen, und so weiter zurück bis zu Stauffacher, Attinghausen und Wilhelm Tell. Fremde Richter, wie immer sie sich nennen und wo immer sie ihren Sitz haben, wollen wir nicht anerkennen, sondern die Dinge so regeln, wie man sie bei uns schon immer geregelt hat, und das isch dänk scho rächt gsi. Entsteht Streit unter Eidgenossen, so sollen die Einsichtigsten unter ihnen vermitteln und dem Teil, der den Spruch zurückweist, die anderen entgegentreten. Mehr hat es bisher nicht gebraucht, und mehr wird auch in Zukunft nicht nötig sein.

Natürlich, wir haben wohl vernommen, was sie in den ferner gelegenen Tälern sagen, dort wo die Berge keine Schatten werfen und die Sonne den Menschen das Hirn versengt, bis sie nicht mehr für sich selber denken können, die Holzchöpf. Wir haben gehört, wie sie ihren Wankelmut damit zu erklären versuchen, die Zeiten hätten sich geändert, die Wirtschaft der ganzen Welt und insbesondere diejenige Europas sei neuerdings ein einziges grosses Netz, und wer da durch die Maschen falle, finde keinen mehr, der ihm rettend die Hand reiche. Darauf antworten wir, dass unsere Väter kein solches Netz gebraucht haben und unsere Grossväter auch nicht. Und wenn manche meinen, sie müssten ihre Grenzpfosten niederreissen, weil sonst keine Kiwis mehr ins Land kämen und keine Papayas, was immer das sein mag, dann sagen wir denen: Solange unsere Bäume Früchte tragen und unsere Kühe Milch geben, werden unsere Kinder auch ohne solch ausländisches Zeug rote Backen haben.

Wir haben zugesehen, mit Scham und mit Schrecken, wie sie beschlossen haben, sich dieser schändlichen europäischen Union in die Arme zu werfen, die truurige Vögel, so wie ein verschrecktes Wild dem Jäger vor das Gewehr läuft oder ein blindes Huhn dem Fuchs vor die Schnauze. Mit wehem Herzen mussten wir miterleben, wie sie an einem Sonntag, der verflucht sein soll für alle Zeiten, an die Urnen gingen und mit der Mehrheit ihrer Stimmen beschlossen, sich den fremden Herren auszuliefern. Aber in unseren Tälern sind wir standhaft geblieben und treu dem alten Bunde und haben die Vorlage so übermächtig bachab geschickt, dass es sich kaum gelohnt hat, die Ja-Stimmen zu zählen, vo dene paar wenige Europa-Tuble, wo einewäg alles Zuegreisti gsi sind.

Standhaft und treu wollen wir auch weiterhin bleiben und verlassen deshalb mit diesem Tage die Schweiz, die mit dieser schändlichen Abstimmung ihren einstmals so stolzen Namen in den Dreck gezogen hat und ihn deshalb gern behalten kann. Wir aus den drei Tälern wollen ihn nicht mehr. Wir wollen nicht mehr Schweiz sein, sondern bleiben beim Original, nämlich Schwyz, samt Uri und Unterwalden. Mit diesem Entschluss ehren wir auch die Generation unserer Urgrossväter, die damals im Kampf um die eidgenössische Freiheit und Unabhängigkeit das Reduit gebaut hat.

Wenn aber manche meinen, uns unser althergebrachtes Recht abpressen zu können, indem sie uns drohen, wenn wir nicht mitmachten bei dieser gottlosen Union, dann würden keine ausländischen Waren mehr zu uns ins Land kommen, und auch wir selber würden unsere Produkte nicht mehr über die Grenzen hinweg verkaufen können, so antworten wir ihnen: «Und euch werden noch sehr viel mehr Waren fehlen, denn der Gotthard ist unser, und wenn wir die Strassen sperren und die Löcher im Berg verstopfen, dann könnt ihr sehen, wo ihr bleibt.» Äägipäätsch.

Beschlossen haben wir und verkünden es hiermit, dass wir keinen der Unsrigen mehr nach Bern ins Parlament schicken wollen, weder in den National- noch in den Ständerat, denn was sie in Zukunft dort verhandeln, wird nur noch das Dreschen von leerem Stroh sein und das Rühren in leeren Eimern, während die Gesetze in Wirklichkeit ganz woanders gemacht werden, in Brüssel oder einem anderen ausländischen Kaff.

Wir aber wollen hinfort unser eigenes Parlament haben, unsere eigenen Gerichte und unsere eigene Armee, die unsere Grenzen und unsere Freiheit verteidigen soll, so wie es unsere Altvorderen bei Morgarten getan haben.

In diesem Sinne ist bestimmt, dass jeder, der unsere Unabhängigkeit in Frage stellt oder davon spricht, sei es öffentlich oder privat, dass auch wir uns Europa anschliessen sollen, dass der ehrlos und vogelfrei sein soll, und dass er, falls er entwichen ist, niemals zurückkehren darf. Wer ihn aufnimmt und schützt, ist aus dem Land zu verweisen, bis ihn die Eidgenossen des neuen Bundes zurückrufen. Da chann so eine aber lang warte.

Des Weitern erneuern wir die Bestimmungen des alten Bundes, so wie sie von unseren Ureltern im Jahre des Herrn 1291 festgelegt wurden. Schädigt einer einen Eidgenossen durch Brand oder auf andere Weise, indem er ihm beispielsweise das Auto oder sonst etwas, das seinem Herzen nahe ist, kaputt macht, so darf er nimmermehr als Landmann geachtet werden, und wer ihn in den Tälern hegt und schützt, ist dem Geschädigten ersatzpflichtig. Wer einen der Eidgenossen beraubt oder sonstwie schädigt, insbesondere, wenn er ihm am

Telefon eine Ware andreht, die dieser gar nicht braucht, dessen Gut in den Tälern soll für den Schadenersatz haften. Niemand soll einen andern, ausser einen anerkannten Schuldner oder Bürgen, pfänden, und auch dann nur mit Erlaubnis seines Richters. Im Übrigen soll jeder seinem Richter gehorchen und, wo nötig, den Richter im Tal, vor dem er zu antworten hat, bezeichnen, aber ganz sicher keinen aus Strassburg. Gehorcht einer dem Gericht seines Tales nicht, und es kommt ein Eidgenosse dadurch zu Schaden, so haben alle andern jenen zur Genugtuung anzuhalten. Entsteht Krieg oder Zwietracht zwischen Eidgenossen und will ein Teil sich dem Rechtsspruch oder der Gutmachung entziehen, so sind die Eidgenossen gehalten, den andern zu schützen.

Diese Ordnungen sollen, so Gott will, dauernden Bestand haben. Zu Urkund dessen ist auf Verlangen der Vorgenannten diese Urkunde gefertigt und mit den Siegeln der drei vorgenannten Gemeinden und Täler bekräftigt worden. Eine Kopie geht per E-Mail an den sogenannten Bundesrat in Bern und je eine an die Regierungen von Zürich, Bern, Luzern, Glarus, Zug, Fribourg, Solothurn, Basel, Schaffhausen, Appenzell, St. Gallen, Graubünden, Aargau, Thurgau, Tessin, Waadt, Wallis, Neuenburg, Genf und Jura.

Geschehen im Jahre des Herrn 2072 zu Anfang des Monats August.

Schneh®

ein Nachruf

Liebe Angehörige,
liebe Trauergemeinde!
Ich bin kein Redner. Wer mich kennt, weiss das. Wenn mir die Reporter nach einem Rennen ihre klugen Fragen stellen, dann weiss ich nie, was ich antworten soll. Wenn man gewinnt, hat man gewonnen. Mehr gibt es nicht dazu zu sagen. Also nehmen Sie es mir nicht übel, wenn ich auch heute keine grossen Worte finde.

Trotzdem: Als man mich angefragt hat, ob ich heute hier reden will, da habe ich keinen Moment gezögert. Denn wenn jemand Grund hat, dem Walter Kuster dankbar zu sein, dann bin ich das. Ohne ihn wäre ich aus meinem Chrachen wahrscheinlich nie herausgekommen. Würde immer noch mit dem Güllewagen statt mit den Skiern über die Pisten fahren, und der Stall wäre immer noch ein Stall. Mit ein paar Geissen und bestenfalls einer mageren Kuh. Statt den Pokalen, die ich jetzt dort aufbewahre. Und den Goldmedaillen.

Ja, das habe ich alles dem Walter Kuster zu verdanken. Für meine Karriere war er wichtiger als jeder Trainer und jeder Servicemann, auch wenn der meine Ski noch so perfekt präpariert. Obwohl das Präparieren natürlich auch viel einfacher geworden ist als in den alten Zeiten. Sehr viel einfacher. Und auch das wegen dem Walter Kuster.

Als ich ihm zum ersten Mal begegnet bin, konnte ich gar nicht glauben, dass er es wirklich ist. Man kann es sich ja nicht vorstellen, dass man einem der ganz Grossen einmal tatsächlich begegnet, einem Thomas Edison oder Albert Einstein. Für mich gehört er in diese Kategorie, mindestens. Dass er für seine Erfindung nie den Nobelpreis bekommen hat, das kann ich überhaupt nicht verstehen.

Und dabei war er so ein bescheidener Mensch. In seiner ganzen Art. Als wir uns begegneten, habe ich zuerst gedacht: Das ist schon wieder ein Autogrammjäger. Nur dass er keine Postkarte zum Signieren dabei gehabt hat, auch keine Dächlikappe oder so. Ich habe ihn sogar noch gefragt, auf was ich denn unterschreiben solle. Der Reuttener Dölfi, unser Verbandschef, ist heute auch hier, der war dabei und kann es bestätigen. Genau so war es. Für einen Fan habe ich ihn gehalten. Als man mir dann gesagt hat, wer er ist, habe ich mich natürlich tausendmal entschuldigt. Aber er hat nur gelacht und abgewunken. So bescheiden war er. Ich habe dann von ihm ein Autogramm verlangt, und was er mir damals geschrieben hat – auf die Rückseite von einem Auswertungsbogen für die Urinprobe, etwas anderes war nicht da –, das ist für mich der allerstolzeste Besitz. Ich habe mir das Papier rahmen lassen, und jetzt hängt es in meinem Trophäenstall auf dem Ehrenplatz. Direkt neben dem Pokal für den Gesamtweltcup. «Für Severin Lauener», hat er geschrieben. «Ohne ihn wäre meine Erfindung nie so erfolgreich geworden.»

Aber das stimmt natürlich nicht. Ohne seine Erfindung hätte *ich* nicht so erfolgreich sein können. Unseren ganzen Sport würde es nicht mehr geben ohne den Walter Kuster. Manchmal denke ich: Die Schweiz würde es nicht mehr geben. Nicht so, wie sie sein muss.

Geboren wurde Walter Kuster am 5. Februar 2011 in Dübendorf. Ich finde das aus einem doppelten Grund ein bedeutungsvolles Datum. Erstens weil 2011 das wärmste Jahr seit Beginn der Wetteraufzeichnungen war. Damals natürlich nur, jetzt ist es nicht einmal mehr in den ersten zehn. Und zweitens, weil der 5. Februar der Tag der Heiligen Agatha ist. Ich weiss nicht, ob Sie den Spruch kennen, den man bei uns im Tal zu diesem Datum sagt. «Sankt Agatha, die Gottesbraut, macht, dass Schnee und Eis gern taut.» Das ist schon unheimlich, so ein Zufall.

Er war ein Einzelkind, und weil seine Mutter früh gestorben ist und der Vater arbeiten musste, war er viel allein. Das muss eine schwierige Zeit für ihn gewesen sein. In diesem langen Fernsehinterview nach dem Swiss Award hat er erzählt, dass er als kleiner Bub einmal ganz allein einen Schneemann gebaut hat und dann ungeduldig auf seinen Vater gewartet, weil er ihn ihm unbedingt zeigen wollte. Aber bis der Vater nach Hause kam, war das Kunstwerk schon wieder geschmolzen. Das muss man sich einmal vorstellen, der kleine Walterli Kuster und ein riesengrosser Schneemann. Vielleicht hat an dem Tag alles angefangen.

Er sei kein guter Schüler gewesen, hat er immer gesagt. Ich kann mir das nicht vorstellen, so ein kluger Mann, wie er war. Vielleicht war er einfach nicht bei der Sache, weil er schon damals an seiner grossen Erfindung herumgehirnt hat. Ich habe in der Schulzeit auch immer nur ans Skifahren gedacht und daheim mehr als einmal einen hinter die Löffel bekommen, wenn im Zeugnis stand «Aufmerksamkeit mangelhaft». Womit ich mich nicht mit dem Walter Kuster vergleichen will. Ich habe es immer mehr in den Beinen gehabt als im Kopf.

Seine erste Stelle hatte der Walter Kuster in einer Firma für Saatgut und Düngemittel. Hinterher gesehen, war das der ideale Ort für ihn. Bei den Düngemitteln hat er eine Menge über Chemie gelernt, und beim Saatgut war das ja die Zeit, wo man praktisch jedes Jahr eine neue Sorte entwickeln musste, weil sich das Klima so schnell verändert hat. Ich meine, damals hat man auf den meisten Feldern in der Schweiz noch Getreide angebaut und hatte noch nicht gelernt, den Ausfall wegen der Dürrezeiten mit anderen Produkten zu kompensieren. Ich kann mich noch gut erinnern, was für ein Gschiss die Leute damals gemacht haben, als der erste Bauer im Emmental eine Bananenplantage anlegte. Und heute weiss jeder: Emmentaler Bananen sind die besten. Und ich sage das nicht nur, weil ich mit denen einen Sponsorenvertrag habe.

Der Walter Kuster war überhaupt kein Sportlicher. Langlauf hat er ein bisschen gemacht und im Sommer Nordic Walking. Was für mich eigentlich überhaupt kein Sport ist, mit zwei Stöcken ein bisschen spazieren gehen. Aber das nur nebenbei. Nein, er war wirklich kein Sportler. Einmal haben wir ihn an den Start von einer Abfahrt mitgenommen, und da ist es ihm trümmlig geworden. Nur vom Blick in den Steilhang. Und doch hat gerade er die wichtigste Erfindung gemacht, die es für den Skisport je gegeben hat. Es ist manchmal schon komisch.

Seine Freunde haben alle geglaubt, dass er bestimmt Junggeselle bleiben würde, so wie er gelebt hat. In jeder freien Minute bei seinen Experimenten und praktisch nie im Ausgang. Und dann hat er doch seine Erika kennengelernt. Bei so einer Demonstration gegen den Autoverkehr war das, und die beiden sind dann ein glückliches Paar geworden. Auch wenn er wegen seiner Arbeit wenig Zeit hatte, um daheim auf dem Sofa zu sitzen. Vielleicht muss man so stur sein, wenn man in der Wissenschaft etwas erreichen will. Beim Sport ist es ja nicht anders. Nur die wirklich Angefressenen erreichen etwas.

Kinder haben sie keine gehabt, die Erika und er. Was vielleicht ein Glück war, weil sie ja dann auf diese tragische Weise gestorben ist. Sie war immer seine Assistentin, und eine von den Mischungen, die er ausprobiert hat, war giftig. Das hat ihn sein ganzes Leben lang geplagt. Es ist schön, dass sie jetzt ihren Platz wieder nebeneinander haben.

Von seiner grossen Erfindung muss ich eigentlich nichts erzählen, die kennt sowieso jeder. Aber man darf nicht vergessen, wie das damals war, und vor was er uns gerettet hat. Jahrelang kein Schnee, und der Fremdenverkehr total am Boden. Der Sport noch totaler. Die Skispringer sind nur noch auf diese blöden Matten gehüpft, und für eine Abfahrt musste man bis nach Tibet fahren. Bis dann der Walter Kuster mit seiner Erfindung gekommen ist. Die zuerst niemand ernst nehmen wollte, nur schon weil sie diesen komischen Namen hatte. Schneh. Mit einem H am Schluss und diesem hochgestellten R in einem Kreis, wie man es für den Patentschutz braucht. An der Fasnacht haben sie sich über ihn lustig gemacht. Und ein paar Jahre später ist der Antrag, ihn zum ersten gesamtschweizerischen Ehrenbürger zu machen, ausgerechnet von einem Basler Fasnächtler gekommen. Obwohl sie dort mit dem Wintersport wirklich nichts am Hut haben.

Aber es ist ja auch eine tolle Sache! Ein künstlicher Schnee, der liegen bleibt, ganz egal, wie die Temperaturen sind. Der auch im Sommer noch da ist, und zwar in bester Qualität. So dass man jetzt das ganze Jahr Ski fahren kann, sogar in kurzen Hosen. Und zwar überall, wo es einen Hang hat und nicht nur ganz weit oben auf einem Gletscher. Ja, so ein alter Sack bin ich unterdessen, dass ich mich noch erinnern kann, was ein Gletscher gewesen ist.

Ohne den Walter Kuster würde der Tourismus nicht so blühen in der Schweiz. Ohne ihn wäre ich in Wengen nie Weltmeister geworden im Sommer 2056. Er hat damals fast mehr Applaus bekommen als ich, nach der Lauberhorn-Abfahrt am 1. August. Aber er hat ihn auch verdient. Er war ein grosser Mann, der Walter Kuster. Ein ganz grosser Mann.

Heute müssen wir Abschied nehmen von ihm. Können ihm noch ein allerletztes Mal danke sagen, für das, was er für uns getan hat. Du kannst stolz sein auf deinen Schneh, lieber Walter. Und ich bin ganz sicher, wenn du noch ein bisschen mehr Zeit gehabt hättest, vielleicht noch ein Jahr oder zwei, dann wäre dir auch noch die Verbesserung gelungen, von der du immer geträumt hast. Für die du all die Nächte in deinem Labor verbracht hast. Wie alle wirklich Grossen warst du nie zufrieden mit dem, was du erreicht hattest. In diesem Punkt hast du mich immer an den Ingemar Stenmark erinnert. Der hat auch noch jeden Tag Slalom trainiert, nach zwei Olympiasiegen und neunzehn Weltcup-Pokalen. Weil er immer noch einen Traum hatte, den Traum vom perfekten Rennen. So wie du dein Leben lang vom perfekten künstlichen Schnee geträumt hast. Aber glaub mir, lieber Walter, es stört niemanden, dass die Hänge jetzt halt nicht mehr weiss sind.

Blau ist doch auch eine sehr schöne Farbe.

Bettina

ein Tagebuch

11. April

Bettina. So haben sie sie angesagt. Nur mit dem Vornamen. Bettina. Klingt altmodisch, irgendwie. Bescheiden. Eine Frau, die Bettina heisst, müsste ganz anders sein. Zurückhaltend. Eine Kindergärtnerin heisst Bettina. Eine Verkäuferin in einem Dorfladen.

Ist natürlich Quatsch, was ich da schreibe. Ein Name bedeutet gar nichts. Höchstens über die Eltern sagt er etwas aus, und was die für einen Geschmack hatten. Meiner passt ja auch nicht zu mir. Finde ich wenigstens. Er macht mich so bünzlig.

Ich bin ein Bünzli. Im Vergleich zu ihr ganz sicher. Sie ist so … Ich weiss nicht, wie man dem sagt. Wenn sie redet, hören ihr die andern zu. Selbstsicher, das ist das Wort.

Nicht mein Typ. Überhaupt nicht. Unordentlich, irgendwie. Als ob sie sich die Haare selber geschnitten hätte. Ohne Spiegel. Nur schnell das Gröbste, weil sie zu ungeduldig war, um sich beim Coiffeur in den Stuhl zu setzen. Dabei hat sie schöne Haare. Wenn man genauer hinsieht. Aber wild in alle Richtungen. Die Sonnenbrille steckt sie einfach in die Frisur, und wenn sie redet, spielt sie mit der Hand daran herum.

Überhaupt nicht mein Typ.

Eigentlich wollte ich Schuhe kaufen. Mit den alten kann ich wirklich nicht mehr ins Geschäft. Aber in den Laden bin ich gar nicht gekommen, weil da diese Demo war. Ich mag mich nicht durch die Leute drängen.

Sie hatten ein Plakat aufgehängt, eine Karikatur eigentlich mehr. Ein Elefant, der auf einer Maus den Handstand macht. Mit dem Slogan «Wer bestellt, soll auch bezahlen.» Ich wusste zuerst gar nicht, um was es ging.

Eigentlich hätte sie das Mikrofon nicht gebraucht. Sie hat eine laute Stimme. Aber nicht unangenehm laut. «Wir Jungen wollen nicht mehr für die Schulden gradestehen, die die Alten gemacht haben.» Aufruf zum Steuerstreik, und dass man die AHV-Beiträge nicht mehr bezahlen soll. Weil die Kasse sowieso bankrott sein wird, bevor die junge Generation etwas davon hat. Total verrückt natürlich, weil ja das ganze System zusammenbrechen würde. Aber wenn sie es sagt, klingt es fast logisch.

Bettina.

Überhaupt nicht mein Typ.

15. April

Bin aus reiner Neugier hingegangen. Auf dem Flugblatt stand, jeder sei willkommen, «zum Mitdenken und Mitdiskutieren», aber es sind dann gar nicht viele Leute gekommen. Es war mir peinlich, weil man so aufgefallen ist, als einzelner.

Die Versammlung war in einer Art Beiz. Keine richtige, weil es haben alle geraucht, und die Getränke hat man sich selber eingeschenkt. Kassiert hat niemand. Man hat Geld in ein Glas gesteckt, jeder wie er wollte. Ich habe zehn Franken gegeben, und das war wahrscheinlich zu viel.

Sie sind sehr demokratisch, schon aus Prinzip. Ohne Vorstand und so. Aber wenn Bettina etwas sagt, hören alle auf zu reden und hören ihr zu. Sie ist schon so etwas wie ein Chef, scheint mir.

Sie hat ganz anders gesprochen als bei der Demonstration.

Als ob sie mehrere Stimmen hat, und kann aussuchen, welche gerade passt. Es war auch viel sachlicher, wie sie die Dinge erklärt hat. Dass es immer weniger Junge gibt und immer mehr Alte, und dass es nicht sein kann, dass wir immer nur bezahlen, aber haben werden wir nie etwas davon, weil wir unser ganzes Leben lang die Schulden zurückzahlen müssen, die die letzte Generation gemacht hat. «Es ist uns verleidet, diesen Elefanten zu stemmen», hat sie gesagt. Eigentlich ein ganz blöder Satz. Ausser wenn sie ihn sagt.

Und plötzlich hat sie dann mich gefragt, was ich dazu meine, und irgendwie war die Situation so, dass man ihr nicht widersprechen konnte. Mir fällt das sowieso immer schwer, wenn viele Leute dabei sind.

Nächste Woche wollen sie das Stadthaus besetzen, nur symbolisch, sagt Bettina, und ich habe versprochen mitzumachen. Obwohl ich eigentlich gar nicht will.

Was zieht man an zu so einer Besetzung?

23. April

Es war verrückt. Aber auch lustig, irgendwie. Aufregend.

Wir waren zwanzig Leute. Nicht einmal. Es war abgesprochen, dass wir einzeln ins Stadthaus gehen. Unauffällig. Sind unten in der Halle herumgestanden. Als ob wir etwas zu erledigen hätten und noch überlegen, in welches Büro wir müssen. Oder auf jemanden warten, für eine Trauung oder so. Dann, exakt als die grosse Uhr in der Halle auf 14:30 gesprungen ist, haben wir uns alle auf den Boden gesetzt.

Zuerst haben die Leute nur komisch geschaut. Verwirrt. Weil wir kein Transparent bei uns hatten oder Flugblätter oder so etwas. Gar nichts. «Wir spielen nicht mehr mit», hat Bettina gesagt, «und so können wir es ihnen am besten zeigen.» Dann ist zuerst die Frau gekommen, die dort in der Halle den Leuten Auskunft gibt, und dann ein Höherer und schliesslich der Strässle, der schon ewig Stadtrat ist. Bettina hat allen dasselbe gesagt. Dass wir den Staat nicht mehr anerkennen, für den wir immer nur zahlen sollen, dass das Stadthaus deshalb für uns einfach ein Gebäude ist, das uns genauso gehört wie allen andern, und dass wir noch überlegen, was wir am besten daraus machen, Studentenwohnungen vielleicht oder eine Kinderkrippe.

Sie sagt so etwas, als ob es die selbstverständlichsten Sachen von der Welt wären. Aber wenn man ihre Hand anschaut, wie sie mit der Sonnenbrille spielt, immer schneller, dann merkt man schon, dass sie eigentlich nervös ist. Ich kenne sie schon ganz gut, irgendwie.

Bettina.

Der Strässle hat zuerst argumentiert, und dann hat er gesagt, dass es ihm leid tut, aber er muss jetzt die Polizei rufen, es bleibt ihm keine andere Wahl. Und Bettina hat gesagt, dass wir die Polizei auch nicht anerkennen.

Als die Beamten dann da waren, haben die meisten von uns probiert, durch den Hintereingang wegzukommen. Aber dort standen sie natürlich auch. Bettina hat eine ganz andere Türe genommen. Sie hatte das schon vorher rekognosziert. Ich hinter ihr her. Schliesslich war sie die Anführerin, bei aller Demokratie.

Sie haben da im Keller ein riesiges Archiv, wo man die Regale mit einer Kurbel verschieben kann. Wenn man es richtig macht, gibt das eine Nische, wo man nicht gesehen wird. Sehr eng natürlich, aber wir waren auch nur zu zweit.

Bettina und ich.

Sie konnte nicht aufhören zu lachen und hat ihren Kopf

gegen meine Brust gedrückt, damit man es nicht hört. Sie riecht wie … Es klingt blöd, aber es hat mich an die Seife erinnert, die wir damals im Ferienlager benutzt haben. So sauber.

Ich habe ihr gesagt, dass ich bei einer solchen Aktion nie wieder mitmachen werde, und sie hat mich angeschaut und gefragt: «Bist du sicher?»

Sie hat braune Augen.

Oder grüne. Je nach dem Licht.

3. Mai

Es ist furchtbar. Es ist ganz furchtbar.

Es war nicht so geplant. Überhaupt nicht. Es sollte nur auffallen. Etwas, wo die Zeitungen drüber schreiben. Und jetzt …

Ein Altersheim. «Das ist der logische Ort», hat Bettina gesagt. «Dort wohnen die Leute, die kassieren. Die ihre Rente beziehen und überall Vergünstigungen bekommen. Die sich alles bewilligen, was sie wollen, mit ihrer Mehrheit an der Urne. Und wir, die Jungen, sollen dafür bezahlen.» Wenn sie das sagt, macht es irgendwie Sinn. Aber nach dem, was jetzt passiert ist …

Wir haben das nicht gewollt. Ich ganz bestimmt nicht.

Es sind mehr Leute gekommen als das letzte Mal. Doppelt so viele. Es gibt scheinbar viele Junge, die derselben Meinung sind. Wir hatten Pfannendeckel dabei. Trillerpfeifen. Einer eine Trompete. Haben Krach gemacht, draussen vor dem Eingang. «Ein Ständchen zum Maien», hat Bettina das genannt. Aufs Grundstück sind wir nicht eingedrungen. Noch einmal Polizei, das wollte keiner. Nur, dass die Journalisten, die gekommen sind, etwas zum Schreiben haben. Das war der Zweck. Damit über das Thema diskutiert wird, alt gegen jung.

Die Leute müssen endlich begreifen, dass es nicht fair ist, wenn die wenigen Jungen für all die Alten …

Das ist jetzt nicht mehr wichtig.

Wir haben Krach gemacht, das war der Zweck der Übung. Eine fröhliche Stimmung. Wie am Silvester, irgendwie. Die Fotografen haben geknipst wie verrückt. Und die ganzen Leute aus dem Heim an den Fenstern. Waren wütend, natürlich, weil es in der Mittagspause war und sie ihr Schläfchen machen wollten.

Bis dann dieser eine alte Mann diesen Aschenbecher aus dem Fenster geworfen hat. Ein schwerer Glasaschenbecher. Wo doch Rauchen in so einem Heim gar nicht erlaubt ist. Lässt einfach dieses Trumm fallen, aus Wut oder aus Senilität. Ich weiss es nicht. Es fällt senkrecht hinunter. Und trifft Bettina am Kopf.

Ich stand direkt neben ihr und habe sie noch auffangen können. Zuerst habe ich gedacht, es ist nur ihre Sonnenbrille kaputtgegangen. Dann habe ich erst das Blut gesehen.

Wir wollten doch nur demonstrieren.

Sie lassen mich nicht zu ihr, im Spital. Weil ich nicht verwandt bin oder so. Wollen mir auch keine Auskunft geben. Aber die Gesichter, die sie machen …

Ich stelle mir vor, dass sie sie am Kopf operieren mussten und ihr dazu alle Haare abrasieren. Dass sie jetzt aussieht wie …

Wie eine ganz alte Frau.

Bettina.

Sicherheit für alle

ein Festspiel

Vertraulich!
(Vorläufige Fassung der Subkommission Theater, von der Gesamtkommission noch nicht abgenommen.)

Saal dunkel.
Spot auf den Schriftzug: «100 Jahre AHV».
Musik: «Variationen über den Schweizerpsalm für vier Alphörner und E-Gitarre» (Kompromissvorschlag der Subkommission Musik).
Auf der Projektionsfläche erscheint das Kalenderblatt «1. Oktober 2048». Die Zahlen und Monatsnamen setzen sich, zuerst langsam, dann immer schneller, rückwärts in Bewegung, bis sie schliesslich auf dem Datum «1. Oktober 1948» stehenbleiben.
Musik endet.
Podest A fährt von links herein. Im Dekor einer ärmlichen Küche aus der Mitte des 20. Jahrhunderts sitzt eine Arbeiterfamilie (Mutter, Vater, Tochter, Sohn) am Tisch. Sie löffeln Suppe.

Sohn:
ca. 7 Jahre, Typ Walterli Tell
Kann, zum meinen Hunger laben,
ich bitte noch mehr Suppe haben?

Mutter:
Es tut mir leid, das war's für heute.
Wir sind nun einmal arme Leute.

Vater:
traurig Schwer ist's, den Hunger zu besiegen,
weil wir keine Rente kriegen.

Tochter:
ca. 9 Jahre alt, Typ naseweise Altkluge, mit Brille
Doch das ändert ja genau:
Ab heute gibt's die AHV!

Musik: Sphärenklänge.
Die vier schauen zum Himmel. Von oben schwebt eine dampfende Suppenschüssel herab.

Filmeinspielung 1:
«Bereits im Jahre 1925 stimmte das Schweizer Stimmvolk einem Verfassungsgrundsatz zur Einführung einer AHV zu. Es dauerte aber noch mehr als zwanzig Jahre, bis das AHV-Gesetz ...» (usw., siehe Arbeitspapier der Subkommission Film.)

Während der Einspielung: Podest A fährt hinaus. Aufmarsch des gemischten Chores.

Chor:
Wer braucht, der kriegt,
wer hat, der gibt,
weil jeder seinen Nächsten liebt.

’s gibt jeder auf den andern acht,
weil das die Rente sicher macht.

Während der Text als Kanon variiert wird, Auftritt der Senioren-Volkstanzgruppe. (Noch nicht entschieden ist die Frage, ob die Tanzgruppe aus ehemaligen Profitänzern gebildet, oder ob sie – gemäss Vorschlag der Subkommission Event – in einem öffentlichen Wettbewerb zusammengestellt werden soll.)

Chor:
Wer kriegt, der hat,
wer hat, ist froh,
ja, in der Schweiz ist das jetzt so.
Dass man auch noch im Alter lacht,
das hat die AHV gemacht.

Grosse Schlusspose aus Chor und Tanzgruppe. Das Standbild der Helvetia (hinten Mitte) wird angestrahlt.

Filmeinspielung 2:
«Bereits im Jahre 1951 führte eine erste AHV-Revision dazu …» (usw., siehe Arbeitspapier der Subkommission Film.) (Die Subkommission Theater möchte noch einmal nachdrücklich darauf hinweisen, dass die Länge der Filmeinspielungen den dramaturgischen Aufbau des festlichen Anlasses gefährdet. Ist es wirklich notwendig, alle vierzehn bisher durchgeführten Revisionen im Detail aufzulisten?)

Während der Einspielung: Abmarsch des gemischten Chores und der Volkstanzgruppe.

Saallicht auf halbe Stärke. Einmarsch der «Fanfare forces terrestres ouest» und der «Fanfara brigata fanteria montagna 9» durch den Saal. (Die Antwort des VBS betreffend einer rätoromanischen Formation steht noch aus.) Sobald die Musiker auf der Bühne Aufstellung genommen haben: Saal wieder dunkel.
Podest B fährt von rechts herein. Darauf die vierundzwanzig Kranzturner.

Sprecher: *off*
Viele Jahrzehnte lang bewährte sich das Prinzip der Umlage. Aber dann verschob sich die Alterspyramide immer mehr, bis … *(usw., siehe Arbeitspapier der Subkommission Statistik.)*

Die Turner bilden verschiedene Pyramiden und stellen so die Veränderungen in der Alterszusammensetzung der Versicherten dar. Parallel dazu hört ein Instrumentalist nach dem anderen auf zu spielen und verlässt die Bühne. Am Schluss ist nur noch ein einzelner Fanfarenbläser übrig und untermalt (in Moll) die letzte Pyramide: Ein einzelner Turner balanciert auf seinen Schultern die dreiundzwanzig anderen. (Die technische Machbarkeit dieses Bildes muss von der Subsubkommission Sport noch abgeklärt werden.)
Applaus. (Hinweis an die Regie: Falls nötig Applaus durch Mitarbeiter beginnen lassen, um genügend Zeit für den geordneten Abbau der Pyramide zu gewinnen.)
Der Fanfarenbläser stellt sich zu den Kranzturnern auf Podest B und fährt mit ihnen nach rechts hinaus.
Podest A fährt von links herein. Im Dekor einer modernen Wohnküche ist die Familie aus der ersten Szene (ergänzt durch

zwei Gross- und vier Urgrosselternpaare) mit verschiedenen Tätigkeiten beschäftigt: Essen, Lesen, Jassen, usw.

Vater:
Wie schön, wenn die Familie gross ist,
weil dann zu Hause stets was los ist.
Er tanzt mit seiner Frau.

Eine Grossmutter:
Wie sorgenlos ist das Gemüt,
wenn man die AHV bezieht.
Der dazugehörende Grossvater gibt ihr einen Kuss.

Ein Urgrossvater:
Wie friedlich können doch wir Alten
als Pensionierte uns entfalten.

Er hält der dazugehörenden Urgrossmutter die Wolle, während sie ein Knäuel aufwickelt.

Sohn und Tochter:
Nur wir zwei leiden schlimme Qualen:
Die Rente müssen wir bezahlen.

Mutter:
Oh Jugend, mach dir keine Sorgen!
Wie's gestern war, ist es nicht morgen.

Alle:
Sprechchor Die AHV wird repariert
Und völlig neu organisiert.

Das Signet der Tagesschau erklingt. Die ganze Familie schaut auf den Fernseher. Das Fernsehbild erscheint gleichzeitig gross auf der Projektionsfläche.

Tagesschausprecher:
Zum hundertsten Geburtstag der Alters- und Hinterbliebenenversicherung wendet sich der Bundespräsident heute in einer Ansprache an die Bevölkerung.

Spot auf das Rednerpult.
Es folgt die Ansprache des Bundespräsidenten über die Neuordnung der AHV. Die drei wichtigsten Punkte der Ansprache werden auf der Projektionsfläche durch Grafiken illustriert.

- *Umwandlung der AHV in eine Lotterie = gleiche Chancen für alle;*
- *Outsourcing der Organisation an die Landeslotterie = Nutzung der privatwirtschaftlichen Effizienz;*
- *Fortführung der allgemeinen Beitragspflicht, auch wenn nur wenige eine Rente gewinnen können = Solidaritätsgedanke.*

Zum Schluss der Ansprache gibt der Bundespräsident den Hauptgewinner der ersten Rentenauslosung bekannt.
Der Gewinner wird von vier Ehrenjungfrauen auf die Bühne geführt und erhält seine Rentenbescheinigung.

Nationalhymne.

Der Kandidat

ein Dialog

– Guten Tag, Herr …
– Stopp!
– Wie bitte?
– Hinaus!
– Ihre Sekretärin hat …
– Nicht diskutieren! Machen!
– Ich glaube, Sie wissen gar nicht, wer ich …
– Doch. Ich weiss. Hans-Ulrich Pulver, 51, Regierungsrat Appenzell Innerrhoden, Kandidat für den Bundesrat. Hinaus!
– Aber …
– Und dann kommen Sie noch einmal herein. Aber diesmal richtig.
– Ich verstehe nicht …
– Aber Bundesrat werden wollen! Haben Sie gerade gesehen, wie Sie hereingekommen sind?
– Gesehen?
– Ich hab's aufgezeichnet. Hier. Schauen Sie auf den Monitor.

Schlurf, schlurf, schlurf. Wie meine Grossmutter mit Rheuma. So geht doch kein Bundesrat. Dynamisch müssen Sie gehen. Federnd. Können Sie sich an den Ogi erinnern?
– An den wer?
– Ein Vorgänger von Ihnen. Falls Sie gewählt werden. Im letzten Jahrhundert. Der dynamischste Hereinkommer, der je eine Neujahrsansprache gehalten hat. Immer perfekt braun

gebrannt. Hat jedes Parlamentarierskirennen gewonnen. Bei dem hat es keinen Menschen gestört, dass er eigentlich ... Aber lassen wir das. Können Sie Ski fahren?

– Nicht sehr gut.

– Aber Bundesrat werden wollen! Naja. Ein Künstler muss mit dem Material arbeiten, das er zur Verfügung hat. Ein Imageberater erst recht. Also, fangen wir an! – Wohin gehen Sie denn?

– Hinaus.

– Wieso?

– Sie sagten doch ...

– Lassen Sie das. Lassen Sie das. Wir haben nicht viel Zeit. Setzen Sie sich hin. Bei Ihnen muss man ganz von vorne anfangen, scheint mir. Was sind die wichtigsten Eigenschaften für einen Bundesrat?

– Fachkompetenz. Führungsqualität. Kooperationsfähigkeit.

– Nicht das, was man in Interviews sagt. Das wirklich Wichtige.

– Ich weiss nicht, was Sie meinen.

– Lieber Gott, schenk mir Kraft! Wählbarkeit ist das Wichtigste. Weil Ihnen nämlich diese ganze Kooperationsfachführungskompetenz einen Scheiss nützt, wenn Sie vorher nicht gewählt werden. Haben Sie mein «Handbuch für Amtskandidaten» studiert?

– Es liegt auf meinem Nachttisch.

– Und setzt dort Staub an, nehme ich an. Was schreibe ich im allerersten Kapitel?

– Äh ...

– «Keine Sau wird je gewählt, wenn's ihr an Charisma fehlt.» Sie wissen wahrscheinlich nicht einmal, wie man «Charisma» buchstabiert!

– Ich muss doch sehr bitten. Ich habe meine Matur mit Griechisch …
– Das dürfen Sie um Himmels willen nie erwähnen. Nie! Kein Mensch wählt einen Streber, der freiwillig eine tote Sprache studiert, statt etwas, das man im Leben wirklich braucht. Englisch zum Beispiel.
– Ich spreche sehr gut Englisch.
– Akzentfrei?
– So gut wie.
– Daran müssen wir arbeiten. Allzu gute Fremdsprachenkenntnisse sind unschweizerisch. Der Ogi hätte nie zugegeben, wie gut er … Aber Sie haben sich ja nicht mit Bundesratsgeschichte befasst. Können Sie singen?
– Wieso?
– Ein Instrument spielen? Jonglieren?
– Meine Arbeit hat mir nie Zeit gelassen …
– Aber Bundesrat werden wollen! Womit wollen Sie sich denn in dieser Sendung profilieren?
– Durch überlegte Antworten.
– Wie bitte?
– Man wird mir Fragen stellen, nehme ich an. Meinen politischen Standort prüfen. Meine Urteilsfähigkeit. Meine Dossierkenntnisse.
– Dieses Wort dürfen Sie auf gar keinen Fall verwenden. «Dossierkenntnisse», du lieber Gott! Viel zu viele Silben! Keine langen Wörter und keine Fremdwörter. Das mögen die Leute nicht. Kapitel drei in meinem Handbuch: «Sprich simpel und kurz, der Rest ist schnurz!»
– Aber komplexe Sachverhalte …
– Was habe ich gesagt?
– Komplizierte Sachverhalte …

– Kürzer!

– Schwierige Sachen …

– Sehen Sie? Geht doch.

– … kann man nicht immer simplifizieren … vereinfachen.

– Muss man aber, Herr Pulver. Wenn man Erfolg haben will. Es ist nicht mehr wie früher, als der Bundesrat noch vom Parlament gewählt wurde. Da konnte man hinter den Kulissen weibeln und sich auch mal ins Bundesratszimmer intrigieren. Aber seit wir die Volkswahl haben … Wenn Sie da als Intellektueller rüberkommen, haben Sie schon die Zwei am Rücken.

– Bei meiner Wahl zum Regierungsrat …

– Das war in Innerrhoden, Herr Pulver. In einem Kanton, der so klein ist, dass man die Leute noch persönlich kennt. Dort sind nicht einmal Griechischkenntnisse unbedingt tödlich. Wenn einer gut jassen kann. Aber auf nationaler Ebene … Vor allem seit das Fernsehen diese Sendung macht. «Der Bundesrats-Superstar.» Wenn Sie sich da als Klugscheisser präsentieren, landen Sie beim Telefon-Voting garantiert auf dem letzten Platz.

– Ich kann mich doch nicht verstellen.

– Aber Bundesrat werden wollen!

– Und ausserdem glaube ich als Demokrat an die Weisheit des Volkes.

– Das ist gut! Das gefällt mir! Das müssen Sie sagen!

– Sie meinen also auch, dass das Volk …

– … so dumm ist, dass es auf solche Floskeln reinfällt? Aber unbedingt!

– Sie sind ein Zyniker.

– Ich bin Imageberater. Zugegeben, irgendwie ist das schon dasselbe.

– Das Volk als Souverän …

– Halten wir uns nicht mit Nebensächlichkeiten auf. Hat man Ihnen nicht gesagt, dass Sie für unser Gespräch dasselbe anziehen sollten, das Sie auch in der Sendung …?

– Das ist mein bester Anzug.

– Eben. Wollen Sie sich als Bankprokurist bewerben oder als Bundesrat?

– Eine gewisse Seriosität …

– Ist Ihnen nicht abzusprechen. Aber das kriegen wir schon weg. Sie treten natürlich in Jeans auf.

– Ich trage nie Jeans.

– Nach der Wahl können Sie sie wegschmeissen. Oder noch besser: Aufbewahren bis zum Bundesratsschulreislein. Da ist das gewissermassen Uniform. Am besten üben wir Ihren Auftritt mal ganz praktisch. Sie kommen also herein …

– Dynamisch.

– Genau. Lächeln in die Kamera und quittieren den Applaus des Publikums mit einer spontanen Pointe.

– Was für eine Pointe?

– Die schreib ich Ihnen dann schon noch.

– Ich bin kein Komiker.

– Aber Bundesrat werden wollen! Kapitel sechs in meinem Buch: «Wer die Leute bringt zum Lachen, kann mit ihnen alles machen.» Was antworten Sie zum Beispiel, wenn der Moderator Sie fragt: «Wie man hört, interessieren Sie sich für das Finanzdepartement – wieso?»

– Ich glaube, dass ich durch meine Erfahrung als kantonaler Finanzdirektor …

– Und schon wieder ist ein Kandidat ausgeschieden.

– Aber es ist doch wahr!

– Was hat Wahrheit in einem Wahlkampf verloren? Immer lockerflockigflauschig! «Warum wollen Sie ins Finanzdepartement, Herr Pulver?» – «Weil es für unsere Finanzen nur gut sein kann, wenn es dort Pulver hat.» Der ist gut, oder?

– Aber das heisst doch nichts.

– Man darf die Wähler nicht mit Inhalten verwirren. Und wenn mal gar keine meiner vorbereiteten Antworten auf die Frage passt, dann sagen Sie einfach, dass Sie abgelenkt sind, weil Sie sich solche Sorgen um Ihren kranken Hund machen.

– Ich habe keinen Hund.

– Ich besorg Ihnen einen. Gehört alles zum Service. Dackel wirken als Patienten am überzeugendsten.

– Sie wollen mir einen kranken Dackel besorgen?

– Nicht wirklich krank, natürlich. Er kriegt einfach eine Schlafpille, bevor die Fotografen kommen.

– Meine Frau und ich wollen aber keine Haustiere.

– Prima. Das gibt gleich die nächste Homestory: «Bundesratskandidat trauert um seinen verstorbenen Dackel.» Wenn Sie dann noch vor den Kameras ein paar echte Tränen produzieren, sind Sie praktisch gewählt.

– Das ist ja übelste Manipulation!

– Ma-ni-pu-la-ti-on. Sechs Silben. Was hab ich Ihnen gepredigt von wegen zu lange Wörter?

– Eine Sauerei ist das!

– Schon besser!

– Eine verdammte, beschissene Sauerei!

– Prima. Jetzt klingen Sie echt volkstümlich.

– Ich werde mich nicht verstellen, ich werde nicht heucheln und nicht vor der Kamera Theater spielen! Ist das klar?

– Aber Bundesrat werden wollen!

AONS

eine Kriminalgeschichte

Kommissar Ruedi Ramakrishna zündete sich eine Brissago an. Das war immer noch das Beste gegen dieses Würgen im Hals. An den Geruch von Blut konnte er sich einfach nicht gewöhnen.

Im Blitzlicht des Polizeifotografen schien der Tote zu lächeln, obwohl ein eingeschlagener Hinterkopf weiss Gott kein Grund zur Fröhlichkeit ist. *Rictus mortis* hatte das Dr. Abdelkader mal genannt. Als Gerichtsmediziner liebte er lateinische Ausdrücke.

‹Circa fünfzig Jahre alt›, notierte Ramakrishna. ‹Ein Meter fünfundsiebzig, schwarze Haare mit grauen Strähnen, Stirnglatze. Besondere Kennzeichen: tot.›

Die kleine Gasse, eigentlich mehr ein Durchgang von der Breiten Strasse zum Marktplatz, hatte keinen eigenen Namen. Was es einem beim Protokollschreiben auch nicht einfacher machen würde.

«Fertig», sagte Juan Gomez, der Fotograf. Und konnte sich natürlich den blöden Spruch nicht verkneifen, den er bei jeder Leiche machte, egal ob einer sich erhängt hatte oder erschossen worden war. «Ich tippe auf Tod durch Ertrinken.»

Dragan Pavlovic, Ramakrishnas Assistent, versuchte, an die Jackentasche des Toten heranzukommen, ohne mit seinen neuen Schuhen in die Blutlache zu treten. Er schaffte es nicht ganz.

Gomez sah ihm bei seinen Balancierübungen ein ganzes

Weilchen grinsend zu, bevor er so ganz nebenher meinte: «Ich kann dir auch sagen, wie er heisst.»

«Du kennst den Mann?»

«Ich habe meine Lehrzeit beim *Anzeiger* gemacht. Das ist Sven Söderholm, der beste Journalist, den sie dort jemals hatten. Ihr erinnert euch vielleicht an diese Bestechungsgeschichte im Bauamt? Die hat er damals aufgedeckt.»

Kommissar Ramakrishna machte die nächste Notiz in das altmodische Notizbüchlein, das er immer noch benützte, obwohl doch eigentlich elektronische Datenerfassung vorgeschrieben war. Aber er dachte gar nicht daran, so kurz vor der Pensionierung noch etwas Neues anzufangen. «Söderholm … Was ist denn das für ein Name?»

«Schwedisch, glaube ich», sagte Gomez.

Kommissar Ramakrishna schüttelte den Kopf. «Was es nicht alles gibt», sagte er.

*

Tatjana Ostropolski, die Chefredaktorin des *Anzeigers*, hatte keine einzige Träne geweint. Für so etwas hatte Ramakrishna einen Blick. Überhaupt nahm sie den Tod ihres besten Mannes überraschend gelassen. Geradezu verdächtig gelassen.

«Nein», sagte sie, «ich habe keine Ahnung, an was für einer Recherche Herr Söderholm gerade dran war. Er war in seiner Arbeit immer sehr selbständig.» Sie sprach das Wort so spitzlippig aus, dass es wie «disziplinlos» klang.

«Es wäre für unsere Ermittlungen äusserst nützlich, wenn ich in seinem Computer …»

«Nein», sagte die Chefredaktorin, und man merkte ihr an, dass sie darin geübt war, «nein» zu sagen. «Selbstverständlich unterliegt er auch nach seinem Tod der journalistischen Schweigepflicht.»

«Er ist nicht einfach gestorben. Es war ein Mord!»

«Den Sie aufklären müssen. Sie haben Ihre Aufgabe, und ich habe meine. Unser Blatt muss auch morgen wieder erscheinen. Und zwar pünktlich.» Die Chefredaktorin schaute demonstrativ auf ihre Armbanduhr. «War nett, Sie kennengelernt zu haben.»

«Diese Ostropolski», sagte Kommissar Ramakrishna später zu seinem Assistenten, «das ist der Typ, der über Leichen geht. Und in diesem Fall meine ich das ganz wörtlich.»

*

Aber man kann niemanden festnehmen, nur weil er einem unsympathisch ist. Man braucht Fakten – und genau an denen fehlte es auch noch drei Tage später. Die Wissenschaft war mal wieder keine Hilfe gewesen. Der Gerichtsmediziner hatte nach der Obduktion der Leiche nicht mehr zu sagen gewusst, als was Kommissar Ramakrishna schon am Tatort festgestellt hatte: Tod durch Schlag mit einem stumpfen Gegenstand auf den Hinterkopf. Der Rest des Berichts – typisch Dr. Abdelkader – variierte nur immer die gleiche Aussage mit einer Menge lateinischer Fachausdrücke. Nein, der Fall machte keine Fortschritte. Überhaupt keine. Eine Tatwaffe war genauso wenig zu finden wie ein Motiv oder ein Tatverdächtiger.

Und zu allem Unglück startete der *Anzeiger* auch noch diese Kampagne. Tatjana Ostropolski nahm den Tod ihres Reporters zum Anlass, schweres Geschütz gegen die Polizei und deren Arbeit aufzufahren. In den Kommentaren, die jeden Tag auf Seite zwei erschienen, gehörten «Unfähigkeit» und «Dilettantismus» noch zu den netteren Ausdrücken.

Was wiederum zur Folge hatte, dass Ramakrishnas oberster Chef, der Polizeivorstand Li Chung, seinen Untergebenen jeden Tag mehr Druck machte. Wer alle vier Jahre wiedergewählt werden muss, mag keine negativen Schlagzeilen. Ruedi Ramakrishna hatte gerade mal wieder seinen täglichen Anschiss bezogen – von seinem Chef «Motivationsgespräch» genannt –, als er auf seinem Schreibtisch einen Brief vorfand. Format C5. Ohne Absender. An ihn persönlich adressiert. Darin nichts als ein Zettel mit den Worten «Hier haben Sie Ihr Motiv». Und eine Broschüre der *Aktion Originaler Nationaler Schweizer (AONS)*.

‹In der Hauptpost abgestempelt›, notierte Ramakrishna in sein Notizbüchlein. ‹Keine Fingerabdrücke.› Wahrscheinlich war das Ganze nur ein blöder Scherz. Aber wenn es einem an Spuren fehlt, geht man den wenigen nach, die man hat.

Er zündete sich eine neue Brissago an und winkte seinen Assistenten zu sich. «Hör zu, Pavlovic», sagte er, «ab sofort heisst du Häberli. So wie ich Binswanger heisse.»

«Und wieso das?»

«Wenn wir uns mit unseren echten Namen vorstellen, kommen wir nicht mal durch die Tür. Die sind da sehr streng, bei der *AONS*.»

Dragan Pavlovic interessierte sich mehr für Fussball als für Politik und hatte von dem Verein noch nie etwas gehört.

«Ihr jungen Leute habt ja wirklich von nichts eine Ahnung», knurrte Ramakrishna. «Ein Glück, dass ich bald in Pension gehe.»

Aber dann erklärte er es ihm doch.

*

Die *AONS* hatte ihre Geschäftsstelle im Einfamilienhaus ihres Ehrenvorsitzenden Vinzenz Schlüer. Er öffnete ihnen selber die Türe, ein streng blickender älterer Herr mit militärisch kurzgeschnittenen weissen Haaren.

«Sie sind die Herren, die sich angemeldet haben?»

«Sind wir», sagte Ramakrishna. «Mein Name ist Binswanger, und das ist mein Arbeitskollege Herr Häberli. Wir wollten uns über die Möglichkeiten einer Mitgliedschaft erkundigen.»

«Binswanger ... Häberli ...» Vinzenz Schlüer liess sich die Namen auf der Zunge zergehen wie zwei Stückchen bester Schweizer Schokolade. «Das klingt sehr vielversprechend», sagte er. «Hoffen wir, dass auch alles andere stimmt. Bitte, kommen Sie doch herein.»

Der Schreibtisch des Ehrenpräsidenten war leer, bis auf eine kleine Schweizerfahne und eine Bronzeplastik von Wilhelm Tell. An der Wand dahinter hing eine ganze Reihe von Fotografien, die ältesten schon ein bisschen verblasst. Alle zeigten sie würdige Herren, die mit ernsten Gesichtern in die Kamera blickten. «Meine Vorfahren», sagte Vinzenz Schlüer voller Stolz. «Lauter Eidgenossen von echtem Schrot und Korn. Das hier», – er wies auf die älteste der Aufnahmen, « ist mein Ur-Ur-Ur-Ur-Urgrossvater. Er hat damals als erster erkannt, dass unser Heimatland durch die Einwanderung fremder Elemente in seinen Grundfesten bedroht wird. Und er hat dagegen gekämpft. Zu seiner Zeit hat man ihn dafür noch ausgelacht, aber er hat Recht behalten. Leider, leider Recht behalten. Heute dürfen ja Leute mit den komischsten Namen von sich behaupten, Schweizer zu sein. Aber wir von der *AONS* ...»

Den Vortrag, den er ihnen hielt, hatte er wohl schon oft gehalten, tat es aber trotzdem mit flammender Begeisterung.

Die *AONS*, erklärte er ihnen, sei eine Organisation, die noch das echte Schweizertum bewahre, eine Vereinigung von Leuten, die stolz darauf seien, dass sich ihre Familien seit vielen Generationen von der fortschreitenden Überfremdung unseres Landes nicht hatten anstecken lassen. Um Mitglied zu werden, musste man einen rein eidgenössischen Stammbaum ohne jeden ausländischen Seitenzweig nachweisen können, und zwar bis zurück ins 19. Jahrhundert.

«Das trifft für uns Binswangers natürlich zu», sagte Ramakrishna. «Für euch Häberlis hoffentlich auch.»

Dragan Pavlovic murmelte etwas Unverständliches.

«Und wer hat Sie auf die *AONS* hingewiesen?», fragte Schlüer.

Kommissar Ramakrishna räusperte sich und wechselte einen Blick mit seinem Assistenten. «Das war Sven Söderholm vom *Anzeiger*. Kennen Sie ihn?»

Vinzenz Schlüer wurde bleich, und seine Hände krampften sich um den Ständer der kleinen Schweizerfahne. Sein Versuch, harmlos und desinteressiert zu wirken, misslang, denn seine Stimme zitterte, als er sagte: «Ich glaube nicht, dass ich den Namen schon einmal gehört habe.»

«Herr Söderholm ist ermordet worden», sagte Ramakrishna. «Mit einem stumpfen Gegenstand erschlagen. Sie können uns nicht zufällig sagen, was das für ein Gegenstand war?»

«Warum sollte ich ...? Ich habe nichts ...»

«Sie sind offensichtlich ein ehrlicher Mensch», sagte Ramakrishna. «Darum lügen Sie auch so schlecht. Aber wir wissen Bescheid. Weil wir nämlich keine zukünftigen Mitglieder sind, sondern Polizisten. Sven Söderholm hat Notizen hinterlassen, in denen Ihr Name ...»

Vinzenz Schlüer stand auf und streckte ihm beide Hände hin, bereit für ein Paar Handschellen. «Ich wollte nicht, dass es auskommt», sagte er mit einer plötzlich ganz kleinen Stimme. «Dieser schwedische Ausländer hat herausgefunden, dass meine Vorfahren gar nicht alle Schweizer waren, sondern damals aus Deutschland eingewandert sind. Und er wollte das in seinem Skandalblatt veröffentlichen. Das konnte ich doch nicht zulassen! Nicht als Ehrenpräsident der *AONS*! Er wollte einfach nicht mit sich reden lassen, und da habe ich ihn halt ... Mit dem Sockel von der Wilhelm-Tell-Skulptur hier. Aber das darf nie jemand erfahren! Sie können mich einsperren, lebenslänglich, von mir aus, aber niemand darf wissen ... Weil es der Sache des Schweizertums schaden würde. Das müssen Sie doch verstehen, Herr Binswanger!»

«Ich heisse Ramakrishna», sagte der Kommissar in seinem breitesten Berndeutsch. «Und das ist mein Kollege Pavlovic.»

Dann zündete er sich die nächste Brissago an.

Störfall

ein Fragebogen

Mit dem Ausfüllen dieses Formulars helfen Sie den Behörden, Ihnen in Ihrer schwierigen Lage so gut wie möglich zur Seite zu stehen. Bitte beantworten Sie die Fragen nach bestem Wissen. Falschangaben, die durch Unzugänglichkeit von Unterlagen bewirkt werden, haben keine nachteiligen Folgen für den Antragsteller. Gemäss Notverordnung des geschäftsführenden Bundesrates vom 26.9.2033 kann jedoch strafrechtlich verfolgt werden, «wer sich durch absichtliche Irreführung der Behörden Leistungen der öffentlichen Hand erschleicht, die ihm auf Grund seiner Situation nicht zustehen».

<u>A: Persönliche Angaben</u>

Für jedes gemeinsam mit Ihnen dislozierte Mitglied Ihrer Familie ist ein eigenes Antragsformular auszufüllen. Um unerwünschte Trennungen zu vermeiden, sind alle Formulare einer Familie unbedingt gemeinsam einzureichen. Zuständig ist das Familienoberhaupt. In dessen Abwesenheit kann die Familie einen bevollmächtigten Vertreter bestimmen. Minderjährige Dislokanten, die ohne Begleitung erwachsener Familienmitglieder in einem Auffangzentrum eingetroffen sind, können zum Ausfüllen des Formulars die Hilfe eines Krisenbetreuers (rotweisse Armbinden) in Anspruch nehmen.

Name

Vorname

Geschlecht Zivilstand

Geboren am in

Bürgerort *(für Ausländer Staatsangehörigkeit)*

Dislokations-Adresse

Art der temporären Unterbringung *(Zutreffendes ankreuzen)*
O privat O Hotel o.ä. O Zivilschutzraum O Schulhaus
O Zeltlager O Sportanlage O kirchliche Einrichtung
O gewerbl. Räume O andere
Falls «andere», bitte spezifizieren:

Ursprüngliche Adresse

Ursprüngliche Wohneinheit *(Zutreffendes ankreuzen)*
O Mietwohnung O Eigentumswohnung O eigenes Haus
O andere

Falls «andere», bitte spezifizieren:

B: Frühere Lebensumstände

Gemäss Beschluss der provisorischen Bundesversammlung (Tagung in Lugano vom 4.10.2033) hat jeder Dislozierte, unabhängig von seinem früheren Besitzstand, Anspruch auf gleichwertige Unterstützungsleistungen. Es soll aber, soweit möglich, auf die gewohnten Lebensumstände Rücksicht genommen werden, um negative psychologische Auswirkungen des Störfalls möglichst gering zu halten.

Das Ausfüllen dieses Abschnitts ist freiwillig. Sollten Sie sich entschliessen, die entsprechenden Rubriken leer zu lassen, so entstehen Ihnen daraus keine Nachteile.

In diesem Formular gemachte Angaben haben keinen Einfluss auf Ihre Ansprüche gegenüber Versicherungen, falls es zu einem späteren Zeitpunkt wieder möglich werden sollte, solche geltend zu machen.

Auf einer Skala von 1 (schlecht) bis 10 (gut): Wie würden Sie Ihre wirtschaftliche Situation vor dem Störfall einordnen? ____

____

Anmerkungen

Auf einer Skala von 1 (niedrig) bis 10 (hoch): Wie würden Sie Ihre soziale Stellung vor dem Störfall einordnen? ________

____

Anmerkungen

Haben Sie ausserhalb der Störzone Zugang zu finanziellen Mitteln (z.B. ausländische Bankkonten), aus denen Sie Ihre Dislokationskosten ohne staatliche Hilfe bestreiten können?

O ja O nein

C: Persönliche Angaben

Um Ihnen trotz der äusserst beschränkten staatlichen Ressourcen eine möglichst individuelle Betreuung bieten zu können, benötigen wir Informationen aus Ihrem persönlichen Bereich. In Anbetracht der Tatsache, dass viele öffentliche Datenbanken zur Zeit nicht zugänglich sind, hat die provisorische Bundesversammlung mit Zustimmung des eidgenössischen Datenschutz- und Öffentlichkeitsbeauftragten das Bundesgesetz über den Datenschutz vom 19. Juni 1992 (DSG) vorübergehend ausser Kraft gesetzt. Selbstverständlich bemühen wir uns trotzdem, Ihre Daten so vertraulich wie möglich zu behandeln.

Auf einer Skala von 1 (völlig gesund) bis 10 (pflegebedürftig): Wie schätzen Sie Ihren gegenwärtigen Gesundheitszustand ein? ______________

Bei einer Einschätzung über 5: Bitte Details angeben.

____

Müssen Sie regelmässig Medikamente einnehmen?

O ja O nein

Wenn ja: Welche?

____

Führen Sie diese Medikamente in ausreichender Menge mit sich?

O ja O nein

Falls Sie bei der Dislokation medizinische Unterlagen o. ä. mitnehmen konnten, legen Sie diese bitte dem Formular in Kopie bei. Kopiergeräte finden sich in den meisten Empfangszentren.

Müssen Sie aus medizinischen oder religiösen Gründen eine bestimmte Diät einhalten? O ja O nein

Wenn ja: Welche?

Wir bemühen uns, auf weltanschauliche Befindlichkeiten Rücksicht zu nehmen, bitten aber wegen der beschränkten zur Verfügung stehenden Ressourcen um Verständnis, falls wir religiös motivierte Wünsche nicht immer oder in ausreichendem Masse erfüllen können.

Gibt es Gruppen von Menschen, mit denen Sie – aus welchen Gründen auch immer – auf gar keinen Fall gemeinsam untergebracht werden wollen? O ja O nein

Wenn ja: Welche?

Gibt es andere Wünsche/Ansprüche, auf die wir bei Sie betreffenden Hilfsmassnahmen Ihrer Meinung nach unbedingt Rücksicht nehmen sollten? O ja O nein

Wenn ja: Welche?

Wir bitten Sie zu bedenken, dass der Störfall unvermeidbare Einschränkungen mit sich bringt, die von allen Betroffenen viel Toleranz verlangen, und erinnern Sie an den entsprechenden Aufruf des geschäftsführenden Bundespräsidenten vom 1. August 2033.

D: Freiwilliger Einsatz

Gemäss Anweisung der Stabsstelle für Dislokationsprobleme kann die freiwillige Mitarbeit in Hilfsprojekten und/oder -organisationen bei der Zuteilung von temporärem Wohnraum berücksichtigt werden. Es besteht aber kein diesbezüglicher Rechtsanspruch.

Auf einer Skala von 1 (völlig ungeeignet) bis 10 (vielseitig einsetzbar) – wie schätzen Sie Ihre Möglichkeiten zur aktiven Mitarbeit bei Hilfsprojekten ein? ____________________

Sind Sie prinzipiell dazu bereit? O ja O nein

Die Mitarbeit an Hilfsprojekten ist freiwillig. Die Vorlage eines ärztlichen Zeugnisses ist deshalb nicht notwendig. Falls Sie die Frage mit «nein» beantwortet haben, gehen Sie bitte direkt zu Punkt E.

Um Sie bei Hilfsmassnahmen optimal einsetzen zu können, benötigen wir Angaben zu den von Ihnen besuchten Schulen und Ihrem generellen Ausbildungsstand. (Zutreffendes ankreuzen)

O Primarschule O Sekundarschule O Berufsschule

O Matura O Anlehre O abgeschlossene Berufslehre

O Hochschulabschluss

In welcher Branche waren Sie vor dem Störfall tätig?

____

In welcher Funktion?

____

Was würden Sie als Ihre besonderen Fähigkeiten bezeichnen?

____

E: Meinungsumfrage

Nur von Schweizer Staatsangehörigen auszufüllen.

Diese Umfrage soll den zuständigen Stellen dabei helfen, politische Entscheidungen im Sinn des Souveräns zu treffen, auch wenn förmliche Abstimmungen aus technischen Gründen bis auf weiteres nicht möglich sein werden.

1. Falls eine Wiederbesiedlung des Mittellandes in absehbarer Zukunft nicht möglich sein sollte: Wo sollte nach Ihrer Meinung neuer Wohnraum für Dislokationsbetroffene gesucht werden?
O nur in der Schweiz O nur in Europa O weltweit

2. Sollen Ihrer Meinung nach nicht mehr bewohnbare Kantone aus Gründen der Tradition und der Pietät auch weiterhin im Ständerat vertreten sein? O ja O nein

3. Sind Sie der Meinung, dass der 2011 beschlossene Atomausstieg trotz des Störfalls auch weiterhin aufgeschoben bleiben sollte? O ja O nein

Fischenthal

ein Testament

Ich, der endunterzeichnende Alois Bertschinger, geboren am 21. Februar 1981 in Bauma/ZH, wohnhaft Widenreitistrasse 9, 8497 Fischenthal/ZH, verfüge als meinen letzten Willen was folgt:

Ich widerrufe alle meine bisherigen letztwilligen Verfügungen und hebe sie hiermit vollständig auf.

Meine Beisetzung soll auf dem Friedhof Fischenthal stattfinden, und zwar verlange ich folgende Abweichungen von der Friedhofs- und Bestattungsordnung der Gemeinde:

a) Mein Grab soll sowohl in der Länge wie auch in der Breite doppelt so gross sein wie in Artikel 14 der Bestattungsordnung vorgesehen, also grösser als alle andern.

b) Mein Grabmal soll von den Gestaltungsvorschriften in den Artikeln 21 und 22 entbunden werden und mindestens zwei Meter hoch sein. Als Beschriftung bestimme ich neben meinem Namen und den Geburts- und Sterbedaten die Worte: «Der Retter unserer Gemeinde». (Ein Entwurf für den Gedenkstein liegt diesem Testament bei.)

c) Die Ruhefrist von 20 Jahren soll für mein Grab aufgehoben werden. Es ist auf Kosten der Gemeinde für alle Zeiten in gutem Zustand zu unterhalten. Der Blumenschmuck ist zweimal die Woche zu erneuern.

d) Jeweils an meinem Todestag hat in der Kirche von Fischenthal ein Gedächtnisgottesdienst stattzufinden, an dem der Gemeindepräsident in einer Ansprache an meine Verdienste um die Gemeinde erinnert. Den Schulkindern ist an diesem Tag freizugeben.

Die in diesem Testament genannten Vergaben haben nur Gültigkeit, wenn die Gemeinde Fischenthal die obigen Bedingungen akzeptiert und wortgetreu durchführt.

Die laufenden Verbindlichkeiten und Todesfallkosten sind aus dem Nachlass zu bezahlen.

Für das ganze restliche Vermögen, insbesondere für das unbebaute Grundstück im Dorfzentrum, setze ich die politische Gemeinde Fischenthal als Erbin ein, mit der Auflage, sämtliche zum Nachlass gehörenden Liegenschaften meistbietend zu verkaufen. Der Erlös und mein gesamtes sonstiges Vermögen sollen dazu verwendet werden, den Steuerfuss der Gemeinde noch weiter zu senken, möglichst auf weniger als 15 Prozent.

Zur Begründung, sowie als Unterlage für die jährliche Gedächtnisrede des Gemeindepräsidenten, führe ich Folgendes an:

Es wird immer wieder gesagt (und steht so, zu meinem grossen Ärger, auch in der Festschrift zum 1400-jährigen Gemeindejubiläum), Fischenthal habe einfach Glück gehabt, dass sich hier in den letzten Jahren zufällig so viele reiche Leute angesiedelt hätten. Nur deshalb habe man den Steuerfuss immer wieder senken können und sei damit zur steuergünstigsten und reichsten Gemeinde der Schweiz geworden. Daran ist kein wahres Wort. Es war kein Glück und schon gar kein Zufall, sondern meine ganz persönliche Leistung als

Gemeindepräsident und Finanzvorsteher. Auch wenn mein Name in der Festschrift nicht einmal erwähnt wird. Und dabei wären die Ereignisse meiner Amtszeit wohl wichtiger gewesen als irgend so ein blödes Dokument aus dem Stiftsarchiv in St. Gallen. Wen interessiert es schon, dass unsere Gemeinde im 9. Jahrhundert einmal «fiskinetal» geheissen hat, und dass das Wort, trotz des Gemeindewappens, überhaupt nichts mit Fischen zu tun hat? Und über mich kein Ton.

Ich habe mich damals nicht danach gedrängt, Gemeindepräsident zu werden. Aus reinem Pflichtbewusstsein habe ich mich wählen lassen, weil kein anderer es machen wollte. Als ich mein Amt antrat, war Fischenthal nämlich die ärmste Gemeinde des Kantons. Heute ist das kaum mehr vorstellbar, aber so war es. Es gab keine guten Steuerzahler und ausser ein bisschen Viehzucht und einer Drechslerei (das heutige Ortsmuseum) keine Gewerbebetriebe. Ich habe mich aufgerieben bei meiner Arbeit für die Gemeinde und deshalb auch diesen Herzinfarkt bekommen. Der sich hinterher als Glücksfall entpuppt hat.

Weil ich nämlich in der Reha nach der Bypass-Operation den Fabrizio Danesi kennengelernt habe. In so einer Klinik, wo man gemeinsam Übungen macht oder nebeneinander auf einem Standvelo trampelt, kommt man auch mit Leuten ins Gespräch, denen man sonst niemals begegnen würde. Und einem Mann im Trainingsanzug sieht man nicht an, dass er Milliardär ist. Ich hätte mich sonst wahrscheinlich gar nicht getraut, ihn anzusprechen. Später hat man sich dann an Milliardäre gewöhnt, aber er war mein erster.

Wir kamen also ins Plaudern, über alles Mögliche, und der Danesi hat mir so ganz nebenbei erzählt, dass er in den letzten Jahren dreimal umgezogen ist, und zwar immer aus demselben

Grund: Weil er eine Gemeinde gefunden hatte, die ihm einen noch niedrigeren Steuerfuss anbot. Für mich war das damals alles neu. Ich war in diesen Dingen noch ganz naiv und hatte keine Ahnung, wie wirklich reiche Leute funktionieren. Dass es für sie überhaupt keine Rolle spielt, was ein Grundstück oder ein Haus kostet, und dass auch der Ort nicht wichtig ist, solang man mit dem Helikopter schnell in der Stadt sein kann. Ich weiss es noch genau: Es war im Schwimmbad, bei der Wassergymnastik, da habe ich ihn gefragt: «Angenommen, der Steuerfuss wäre entsprechend, würden Sie dann auch ins Zürcher Oberland ziehen?» Wir waren damals noch per Sie. «Zum Beispiel auch nach Fischenthal?», habe ich gefragt. Einfach so, ohne Hintergedanken. Und habe dann vor Überraschung Wasser geschluckt, als er geantwortet hat: «Certamente.» Ich habe zuerst geglaubt, er macht einen Jux. Aber es war ihm ganz ernst.

Da habe ich angefangen nachzudenken.

Am schwierigsten war es, die Leute im Dorf zu überzeugen. Lange Zeit haben sie einfach nicht kapieren wollen, wie genial meine Idee war. Bis jetzt war es immer so gewesen, dass man nur an Orten, wo viele reiche Leute wohnten, die Steuern senkte. Was dann natürlich noch mehr Millionäre anzog, sodass man noch weiter runtergehen konnte. Und so weiter. Ich schlug vor, es genau umgekehrt zu machen. «Senken wir einfach einseitig den Steuerfuss auf 30 Prozent», habe ich im Gemeinderat vorgeschlagen. «Dann sind wir zwar nach einem Jahr bankrott, doch das sind wir ja jetzt praktisch auch schon. Aber im übernächsten Jahr», habe ich gesagt, «wenn erst einmal ein paar Millionäre nach Fischenthal gezogen sind und hier ihre Steuern bezahlen, dann sind wir mehr als saniert.» Zuerst wollte es niemand begreifen, und ich musste auf sie einreden wie auf eine kranke Kuh. Aber als es dann um die Gemeindefinanzen so schlecht stand, dass wir nicht einmal das Dach vom Schulhaus Strahlegg reparieren lassen konnten, da hat die Gemeindeversammlung schliesslich ja gesagt. Mit ganzen vier Stimmen Mehrheit. Allein schon für die Ausdauer, mit der ich meine Idee durchgesetzt habe, gebührt mir ein Denkmal und ein Gedächtnisgottesdienst. Eigentlich sollte ich den Vorschlag dafür nicht selber machen müssen. Aber es stimmt halt schon, was man vom Propheten im eigenen Land sagt.

Es ist alles genau so gekommen, wie ich es vorausgesagt habe. Als erster ist der Danesi nach Fischenthal gezogen und hat, trotz einem Steuerfuss von nur 30 Prozent, mehr Steuern bezahlt als vorher das ganze Dorf zusammen. Dann hat sich der Chef der CS ein Grundstück gekauft und der Oberste von Glencore – aber dieser Teil ist ja bekannt. Nur dass ich die Idee dazu hatte, das will man heute gern vergessen. Undank ist der Welt Lohn.

Die Fenster haben sie mir eingeschmissen, und mein Auto haben sie versprayt. In der Dorfbeiz würden sie sich wahrscheinlich an einen anderen Tisch setzen, wenn es die Dorfbeiz noch gäbe. Aber es sind alle selber schuld, wenn sie nicht an meine Idee geglaubt haben. Es hätte schliesslich jeder so machen können wie ich. Die Grundstücke in der Bauzone waren damals billig, auch an den schönsten Lagen mit Blick auf das Schnebelhorn. Und es sind hinterher ja auch viele reich geworden mit Landverkäufen.

Natürlich, das weiss ich auch, mit dem neuen Wohlstand ist nicht jeder glücklich geworden. Von den alten Fischenthalern wohnt heute kaum mehr einer im Dorf, weil sie sich die Häuser und die Wohnungen nicht leisten können. Aber das ist halt der Fortschritt, und der lässt sich nicht aufhalten. Dafür gibt es all diese Arbeitsplätze, an die vorher niemand gedacht hat, für Chauffeure und Gärtner und Haushälterinnen. Das sind alles gutbezahlte Stellen, und dafür kann man ruhig auch einen längeren Anfahrtsweg in Kauf nehmen. Der Bus fährt schliesslich jede Stunde.

Die kleinlichen Beschwerden der ewigen Nörgler mag ich nicht mehr hören. Zum Beispiel, dass es den Dorf-Lade nicht mehr gibt. Dafür haben wir in Fischenthal Delikatessengeschäfte, die bieten Sachen an, dafür müssen andere nach Amerika fahren oder nach Tokio. Und all die Boutiquen für Kleider und Uhren und Schmuck. Und die Antiquitätenläden. In einer deutschen Zeitung haben sie geschrieben, wenn man sich Fischenthal ansieht, kann St. Moritz einpacken. Dafür könnte man mir ruhig ein bisschen dankbar sein.

Aber ich bin nicht nachtragend. Obwohl ich in der 1400-Jahre-Festschrift nicht einmal vorkomme, vermache ich mein ganzes Vermögen der Gemeinde Fischenthal. Dazu gehört auch das letzte noch nicht bebaute Grundstück mitten im Dorf, und das wird bestimmt einen guten Preis machen. Man hat mir schon viele Millionen dafür geboten, aber ich habe immer nein gesagt. Weil es mir nie ums Geld gegangen ist, sondern immer nur um unser Dorf.

Aber eben, das alles gilt nur, wenn auch meine Bedingungen von wegen Grab und Grabmal und Gedächtnisgottesdienst erfüllt werden. Sollte sich die Gemeinde weigern, diese Wünsche zu erfüllen, dann erbt sie gar nichts, und meine gesamte Hinterlassenschaft fällt stattdessen an den «Verein zur Unterstützung von Heimatlosen und Randständigen.» Mit der Auflage, auf dem Grundstück ein Heim zur Unterbringung von Obdachlosen und Asylbewerbern zu errichten.

Und eines für Drogensüchtige. Direkt gegenüber den Filialen von Cartier und Prada. Das haben sie dann davon.

Als Willensvollstrecker setze ich das Anwaltsbüro Fisler und Fisler, Bahnhofstrasse 39 in Zürich ein.

Fischenthal, 16. Juli 2064
gez. Alois Bertschinger

Unsere grosse Reise

ein Schulaufsatz

Am letzten Mittwoch fahrten wir nach Rhäzüns. Das fand ich nicht so gut, weil wir am Mittwochnachmittag sowieso frei haben, und nur ein halber Tag Schule ausfällt. Ich habe das auch dem Herr Stämpfli gesagt, aber er hat gemeint, ich soll dankbar sein und nicht an allem etwas zu kritisiren haben. Es sei schon schlimm genug, dass wir den Hanspi in der Klasse haben.

Der Hanspi ist aber mein Freund, und es ist mir ganz gleich, wenn jetzt alle sagen, mit solchen Leuten soll man nichts zu tun haben. Erstens heisst es immer, man soll tohlerant sein, gerade mit Leuten, wo eine andere Meinung haben, und zweitens kann der Hanspi gar nichts dafür, dass er nach Rhäzüns nicht mit hat dürfen, weil es nämlich seine Eltern waren, wo es ihm verboten haben. Er hat mir selber gesagt, dass es ihn fuchst, wegen der Reise überhaupt, und weil ihn Schlösser und Burgen nämlich sehr interessiren. Wenn wir mit dem Lego spielen, bauen wir immer eine Ritterburg, und eine Figur ist das Burgfräulein, wo der Hanspi vor einem Drachen gerettet hat. Aber sein Vater ist ein ganz Sturer, und er hat es ihm aus Prinzip verboten. Weil sie Disidenten sind bei ihm zuhause. Das ist eine Art Religion, aber ganz gewöhnlich katolisch sind sie ausserdem auch noch.

Der Hanspi und ich hatten abgemacht, dass wir, wenn er seinen Vater doch noch überreden kann, im Bus nebeneinander sitzen und den Profiant miteinander teilen wollen. Er hat am liebsten die Chips aus dem Migros, wo es bei ihm daheim nicht gibt, weil seine Mutter sagt, es hat zu viel Fett daran, und sie sind ungesund. Das glaube ich aber nicht, weil sonst würde der Migros sie ja nicht verkaufen. Disidenten glauben komische Sachen. Dafür backt dem Hanspi seine Mutter ganz feine Gutzli, an denen könnte ich mich totfressen. Aber weil er auf die Reise nicht mitkommen durfte, konnten wir nicht tauschen.

Um halb acht sind wir vor dem Schulhaus abgefahren. Ich wollte den Platz ganz vorne haben, direkt neben dem Fahrer, aber dort ist dann der Herr Stämpfli gesessen, mit seiner Frau, wo mitgekommen ist, weil es immer zwei Erwachsene sein müssen. Ich habe ihm gesagt, dass es sicher sehr anstrengend ist, wenn er sich jedes Mal umdrehen muss, wenn er sehen will, ob wir brav sind, und habe ihm meinen Platz angeboten. Aber er wollte nicht tauschen, obwohl er doch die Fahrt nicht zum ersten Mal macht und die Landschaft schon kennt.

Nach Rhäzüns fährt man durch Zürich, Schwyz, Glarus, St. Gallen und Graubünden. Der Herr Stämpfli hat uns mit dem Mikrofon die Kantone und ihre Hauptstädte abgefragt, was ich auch nicht fair von ihm fand, weil man auf einer Schulreise keinen Unterricht machen soll. Aber er hat gemeint, wir sind nicht nur zum Vergnügen auf dieser Reise, sondern um etwas zu lernen, und es ist kein Zufall, dass alle Schulkinder der Schweiz in der vierten Klasse einmal nach Rhäzüns fahren und das Schloss ansehen. Und natürlich das Mausolum.

Aber wir haben doch ein Vergnügen gehabt, weil einer dem Ursi Hauenstein, dieser blöden Streberin, eine kalte Spagetti hinten in das T-Shirt gesteckt hat und behauptet, es ist ein Regenwurm. Sie hat gegeusst wie eine Verrückte, weil sie sich vor Würmern doch so ekelt. Ich sage aber nicht, wer es gewesen ist, weil man sohlidarisch sein soll.

In Rhäzüns kann man nicht bis zum Schloss hinauffahren, sondern unten ist ein grosser Parkplatz, und dann muss man zu Fuss den Berg hinaufsteissen. Eine richtige Burg baut man nämlich immer zuoberst auf dem Berg, damit man den Feinden Steine auf den Kopf werfen kann und kochendes Öl und solche Sachen. Aber zur Ritterzeit hatte man Pferde, um hinaufzukommen und musste nicht zu Fuss gehen. Wenn ich eine eigene Burg hätte, würde ich eine Seilbahn haben.

Es hatte ganz viele Schulklassen, und wir mussten fast zwei Stunden warten, bis wir drankamen. Die von den anderen Schulen sind noch viel früher losgefahren als mir. Die Klasse vor uns war aus dem Wallis gekommen, und von denen hat mir einer erzählt, dass er um halb vier hat aufstehen müssen. Wenn wir auch so mitten in der Nacht aus dem Bett hätten müssen, wäre ich lieber überhaupt nicht mitgefahren, auch wenn wir bei uns zuhause keine Disidenten sind.

Wir hatten dann eine Führung durch das Schloss, und das war wirklich sehr intressant, mit den Malereien an den Wänden, wo Fresko heissen, und man muss sie ganz schnell malen, sonst hat man es schon verpasst. Eines von den Bildern heisst Tristahn und Isolde, und es ist eine Liebesgeschichte. Ein paar von der Klasse haben blöd gelacht, aber ich nicht.

Als sein Vater ihm die Reise endgültig verboten hat, habe ich dem Hanspi versprochen, dass ich mir alles ganz genau merke, damit ich es ihm nachher erzählen kann. Aber man konnte sich nichts in Ruhe ansehen, weil hinter einem immer schon die nächste Schulklasse angestanden ist. Am meisten reut es den Hanspi, dass er das Napoleon-Zimmer nicht gesehen hat, weil der Napoleon doch ein Kaiser war. Ich habe den Herrn Stämpfli gefragt, ob ein Kaiser mehr ist als ein Blocher, und er hat gesagt, ich soll nicht so dumme Fragen stellen und ein bisschen Ehrfurcht haben. Wahrscheinlich ist ein Blocher eben doch mehr.

Dann haben wir Picknick gemacht. Ich wollte dem Hanspi ein paar von den Chips nach Hause bringen, aber ich habe sie dann doch alle selber aufgegessen. Mit der offenen Packung hätte es sonst nur lauter Brösmelein gegeben im Rucksack.

Nach dem Essen hat der Herr Stämpfli sein strenges Gesicht gemacht, wie wenn einer etwas angestellt hat, und er will herausfinden, wer es gewesen ist. Es war aber nur wegen dem Mausolum, dass wir ihm keine Schande machen, mit laut reden oder sogar lachen und noch Schlimmeres. Weil es ein feierlicher Moment ist, und wir sollen davon etwas fürs Leben mitnehmen.

Es waren noch viele Schulklassen vor uns, und darum hat er zuerst noch richtig Unterricht gemacht und uns Geschichte abgefragt. Weil wir dabei aber im Gras gesessen sind, war es eigentlich ganz gemütlich, und die Antworten hat alle das Ursi Hauenstein gegeben, diese Streberin. Der Herr Stämpfli hat immer nur sie gefragt, weil da ringsherum andere Lehrer waren, und die wollte er beeindrucken. Sie hat aber auch wirklich alles gewusst, in welchem Jahr die Essvaupeh zum ersten Mal die absolute Mehrheit hatte und mit wie viel Prozent, wann der Blocher zum zweiten Mal in den Bundesrat gewählt wurde und an welchem Tag zum Bundespräsidenten auf Lebenszeit ernannt. Das hätte er auch mich fragen können, weil das ist schliesslich der Tag, wo alle Kinder schulfrei haben, und das ist eine gute Einrichtung. Ich finde es auch sehr schön, wenn an diesem Tag alle Leute eine Fahne aus dem Fenster henken. Nur die Eltern vom Hanspi nicht, weil sie eben Disidenten sind. Dafür ist der Vater vom Ursi Hauenstein ein richtig Angefressener.

Wo wir Schweizer Geschichte durchgenommen haben, hat sie einmal aufgestreckt und gefragt, warum die Eltern vom Hanspi nicht ins Gefängnis kommen, wegen keine Fahnen am Fenster, aber der Herr Stämpfli hat gesagt, das ist alles freiwillig, und es ist zwar sehr traurig, wenn jemand nicht mitmacht, aber richtig strafbar ist es nicht.

Wenn der Hanspi im Gefängnis sitzen würde, würde ich ihm einen Kuchen mitbringen mit einer Feile darin, dann könnte er das Gitter aufraspeln und aus dem Fenster klettern. Eine Strickleiter müsste er eigentlich auch noch dazu haben, aber die passt nicht in einen Kuchen.

Schliesslich waren wir dann dran und durften in das Mausolum hineingehen. In Einerkolonne, und der Herr Stämpfli hat vorher noch gesagt, dass wir vor dem Sarg nicht stehenbleiben dürfen, sondern nur langsam aber zügig daran vorbeigehen, weil die anderen wollen auch drankommen.

Das Mausolum war für mich eine Enttäuschung. Nicht eine totale, aber so wie in einem Fussballmatsch, wenn man denkt, es wird ein ganz tolles Spiel, und dann ist am Schluss nur unentschieden, und nicht einmal ein interessantes Faul ist passiert. Es ist einfach nur eine Halle, nicht einmal besonders gross, und in der Mitte steht diese Steinkiste, wo der Blocher drin ist. An den vier Ecken stehen Soldaten mit so ganz alten Sturmgewehren, und sie dürfen sich überhaupt nicht bewegen, auch wenn man ihnen Grimassen schneidet. Das habe ich aber nicht getan, erstens überhaupt und zweitens weil die Frau Stämpfli direkt hinter mir war. Die Sturmgewehre hätte ich mir gern näher angesehen, aber man durfte nicht stehen bleiben.

Auf der Rückfahrt im Bus hat es eine Diskusion gegeben, ob der Blocher im Mausolum ganz allein in der Steinkiste liegt. Manche Leute sagen nämlich, dass sich der Mörgeli mit ihm hat begraben lassen, aus Treue. Aber ich glaube das nicht, weil die Kiste ist nicht breit genug, und ein Knappe wird immer zu Füssen seines Herrn begraben und zwar quer. Das kann man in jedem Ritterroman nachlesen.

Weil es aus dieser Diskusion fast eine Schlägerei gegeben hat, haben wir beschlossen, dass das Ursi Hauenstein der Schiedsrichter sein soll, weil sie doch immer alles weiss, und von diesen Sachen besonders. Aber sie hat uns überhaupt keine Antwort gegeben, sondern hat nur ein ganz feierliches Gesicht gemacht, und wenn sie überhaupt etwas gesagt hat, dann nur mit so einem Bibberer in der Stimme. Am liebsten hätte ich ihr gleich noch einmal ein Spagetti hineingesteckt, aber es war keines mehr da. Dem Hanspi sein Vater sagt, die Familie Hauenstein, das sind alles Angefressene.

Und der Hanspi bleibt mein Freund, auch wenn seine Eltern Disidenten sind und sagen, dass sie niemals Essvaupeh wählen würden, sondern auf der Liste immer alle Namen durchstreichen, wo dort vorgedruckt sind. Ich finde, wir sind eine Demokratie, das hat der Blocher auch immer gesagt, und in einer Demokratie darf man auch anderer Meinung sein als alle anderen, vor allem, wenn es nichts nützt. Und eine Mutter, wo so gute Gutzli backt, kann gar kein schlechter Mensch sein. Ausserdem ist der Hanspi im Fussball der beste, und wenn man ihn in der Mannschaft hat, dann gewinnt man. Und das ist doch auch wichtig, oder?

St. Cédricstag

eine Predigt

Liebe Schwestern und Brüder
In den letzten Wochen war ich wieder einmal im Dienst unserer Gemeinde in unserem Nachbarland unterwegs, auf Betteltour, wie man das wohl nennt, auch wenn mir dieser Ausdruck nicht gefällt. Denn sind nicht gerade wir die Mildtätigen, wenn wir unseren von der Last ihres Besitzes geplagten Nachbarn die Gelegenheit geben, ihr Portemonnaie und damit auch ihr Gewissen zu erleichtern? Wie manchen von seinem Hab und Gut geplagten Menschen habe ich dort angetroffen, der mich am liebsten vor Dankbarkeit umarmt haben würde, hätte er die Hände nicht gebraucht, um einen Scheck auszustellen.

Ja, liebe Schwestern und Brüder, auch in jenen von Geld und Gier verseuchten Landstrichen, in denen die Worte des heiligen Cédric, gelobt sei er, noch immer auf taube Ohren stossen, so wie das wertvollste Saatkorn nicht zur nährenden Ähre heranreifen kann, wenn der Boden nicht bereit ist, es aufzunehmen, ja, auch in jenen bemitleidenswerten Ländern, liebe Schwestern und Brüder, gibt es Menschen, die die Stimme der Wahrheit von ferne erahnen, wenn auch ihre Seelen noch nicht fähig sind, die Weisheit der Worte zu erfassen.

Und wie ich so durch ihre Städte schritt, vorbei an den Palästen, die sie sich zum Unheil ihrer Seelen errichtet haben, vorbei an den Banken und Einkaufszentren und Multiplexkinos, oder wie immer diese Erfindungen des Satans heissen mögen, da wurde mir schwer ums Herz, liebe Schwestern und Brüder. Mich quälte die Vorstellung, wie die Menschen dort hinter den scheinbar so prächtigen Fassaden keinen Schlaf finden auf ihren Seidenkissen und unter ihren Daunendecken, wie sie sich ruhelos von einer Seite auf die andere wälzen, von bösen Träumen geplagt, so wie es geschrieben steht, Prediger, Kapitel 5, Vers 11: «Wer arbeitet, dem ist der Schlaf süss, er habe wenig oder viel gegessen; aber die Fülle des Reichen lässt ihn nicht schlafen.»

Ja, sie taten mir leid in ihrer Verblendung, und bittere Tränen des Mitgefühls vergoss ich um sie. Aber plötzlich war es mir, als ob eine Stimme in mir spräche, und also sprach die Stimme zu mir: «Was verzagst du, Kleinmütiger? Auch für diese Opfer einer falschen Weltanschauung gibt es einen Weg, sie von der quälenden Last ihres Reichtums zu befreien. Bis jetzt haben sie ihn nicht gefunden, aber er steht ihnen jederzeit offen.» Und wie in leuchtenden Buchstaben erschien vor meinen Augen das Wort, das der heilige Cédric, gelobt sei er, uns geschenkt hat: «Den Kapitalismus abschaffen, heisst, den Menschen wieder Hoffnung zu geben». Da wurde mir leicht ums Herz, und am liebsten hätte ich auf offener Strasse gesungen und gejauchzt, wenn da nicht die Polizisten gewesen wären, die mich schon lange misstrauisch betrachteten, denn dass dort einer zu Fuss geht, ohne ein Auto oder ein anderes Prunkgefährt, das erscheint ihnen in ihrer Verblendung unnatürlich und bedrohlich.

Wir wissen es besser, liebe Schwestern und Brüder! Ist nicht auch der heilige Cédric, gelobt sei er, stets mit dem Fahrrad zu seinen Sitzungen und Versammlungen gefahren? Und wenn er die Bahn benutzen musste, setzte er sich dann nicht in die zweite Klasse, obwohl er doch als Nationalrat ein GA für die erste hatte?

Ich sehe staunende und fragende Gesichter unter euch, liebe Schwestern und Brüder, vor allem bei den jüngeren Gemeindemitgliedern, und ich freue mich über dieses Fragen und segne dieses Staunen. Denn ist es nicht wunderbar, dass ihr gar nicht mehr wissen könnt, dass es in unserm Lande einmal verschiedene Klassen gab? Dass die einen in der Bahn mehr Platz zum Sitzen bekamen als die andern? Ihr könnt es euch nicht mehr vorstellen, und auch das haben wir dem heiligen Cédric zu verdanken, gelobt sei er.

«Dies ist der Tag, den der Herr macht; lasset uns freuen und fröhlich darinnen sein.» Psalm 118, Vers 24. Wir feiern heute den St. Cédricstag, die achtzigste Wiederkehr jenes schicksalhaften Datums, an dem der Traum von einer besseren Welt eine Mehrheit unseres Volkes dazu beseelte, ein Ja auf ihren Stimmzettel zu schreiben, bevor sie ihn in die Urne warfen. Auf den Tag genau achtzig Jahre ist es heute her, dass wir hier in der Schweiz den Kapitalismus per Volksabstimmung abgeschafft haben, achtzig Jahre, seit sich die Weissagung des kleinen Propheten Karl Marx erfüllte: «Auf einer gewissen Stufe der Reife angelangt, wird die bestimmte historische Form abgestreift und macht einer höheren Platz.» Vor achtzig Jahren haben wir diese Reife erreicht und unser Land zum fortschrittlichsten dieser Welt gemacht.

Wer würde angesichts einer solchen Zahl nicht an das Bibelwort denken – Psalm 90, Vers 10 –: «Unser Leben währet siebzig Jahre, und wenn's hoch kommt, so sind's achtzig Jahre, und wenn's köstlich gewesen ist, so ist es Mühe und Arbeit gewesen; denn es fährt schnell dahin, als flögen wir davon.»

Ja, schnell sind sie dahingefahren, die guten Jahre, denn dem Glücklichen, wie das Sprichwort sagt, schlägt keine Stunde. Es weilt kaum mehr einer unter uns, der den grossen Tag mit wachen Sinnen miterlebt hätte, der selber noch mitgetanzt hätte bei den Jubelfesten, die nach der Auszählung der Stimmen in allen Städten und Dörfern unseres Landes gefeiert wurden, der vielleicht noch eigenhändig von einer Bankfassade eines der überflüssig gewordenen Messingschilder abgeschraubt hätte, die wir heute im Museum besichtigen können.

Nein, von dieser ersten Generation der vom Kapitalismus befreiten Schweizer lebt kaum einer mehr, aber von manch anderen historischen Ereignissen, die daraus erwuchsen, wissen die Ältesten unserer Gemeinde sehr wohl noch aus eigenem Erleben zu berichten. Wir sollten ihren Erzählungen mit Ehrfurcht lauschen, nicht nur um den Auftrag der Heiligen Schrift – Matthäus, Kapitel 11, Vers 15 – zu erfüllen: «Wer Ohren hat, zu hören, der höre!», sondern weil sich aus der Geschichte vieles lernen lässt, das uns weiterhelfen kann, wenn uns das Schicksal einmal selber vor schwierige Entscheidungen stellt.

Da war etwa, um nur ein Beispiel zu nennen, jene kleine Völkerwanderung, die als «Auszug der Reichen» in die Annalen eingegangen ist, auch wenn er sich natürlich nicht an einem einzigen Tag abgespielt hat wie damals der Auszug der Kinder Israels aus Ägypten. Kein Rotes Meer teilte sich vor dem Zug der Milliardäre und Millionäre, erstens, weil die Schweiz nicht am Meer liegt, und zweitens, weil sie ja nicht zu Fuss gingen, sondern für ihre Flucht Autos mit Chauffeuren oder ihre Privatflugzeuge benutzten. Aber das Goldene Kalb trugen sie sehr wohl bei sich, in der Form von Aktien und anderen Wertpapieren, denn das ist es, was sie anbeten. Und der Glanz dieses Goldenen Kalbes blendete sie so sehr, dass sie nicht lesen konnten, was Matthäus 19, Vers 24 ihnen zu sagen hat: «Es ist leichter, dass ein Kamel durch ein Nadelöhr gehe, denn dass ein Reicher ins Reich Gottes komme.» Es ist denn auch keiner von ihnen in den Himmel gekommen, sondern nur nach Monte Carlo oder auf die Bahamas, wo sie den Kapitalismus erst am jüngsten Tag abschaffen werden, und selbst dann wird es ihnen noch zu früh sein.

In jenen Tagen erfüllte sich endgültig das Wort, so wie es in den Prophezeiungen des heiligen Cédric, gelobt sei er, geschrieben steht, Blog 18, Abschnitt 11, Vers 1: «Unser nächstes Ziel kann nur das Ende dieses absurden Systems, das Ende des Kapitalismus sein.» Und es war denn auch das Ende, zumindest in unserm Land. Halleluja!

Ja, liebe Schwestern und Brüder, an solche historischen Momente sollten wir uns an einem Tag wie dem heutigen erinnern, sollten sie nicht nur in den Annalen bewahren, sondern in unseren Herzen, und wenn wir auf dem Weg zur gemeinsamen Arbeit an einem Gebäude vorbeikommen, das einmal ein Geschäftspalast war und jetzt vielleicht eine Armenküche ist oder ein Obdachlosenheim, dann sollten wir einen Augenblick lang stehen bleiben und uns voller Dankbarkeit daran erinnern, dass wir ohne einen Propheten wie den heiligen Cédric, gelobt sei er, dort immer noch ein Konto hätten statt einer Schlafstelle, immer noch ein Sparheft statt einer nahrhaften Haferschleimsuppe.

Und niemals, niemals sollten wir uns, wie es manche Unverbesserliche immer noch tun, über die kleinen, unbedeutenden Einschränkungen beschweren, die die Befreiung vom Kapitalismus nun mal mit sich bringt. Was nützte es dem

Menschen, wenn er das allerneuste iPhone besässe und nähme Schaden an seiner Seele? Würden uns das zarteste argentinische Rind und die schmackhafteste importierte Mango nicht wie Staub im Munde zerfallen, wenn wir bei jedem Bissen daran denken müssten, wer sich an ihrer Produktion alles bereichert hat? Und wer wollte sich mit einem bunten Fetzen nach der sogenannten neuesten Mode lächerlich machen, wo doch unsere Einheitstracht ebenso kleidsam wie zweckmässig ist?

Nein, liebe Schwestern und Brüder, in unserem vom Kapitalismus befreiten Lande leiden wir keinen Mangel, sondern wir geniessen ihn! Denn wir haben ja alles, was wir brauchen, und was wir nicht haben – das ist die tiefe Wahrheit, die wir uns immer wieder vor Augen führen müssen –, was wir nicht haben, das brauchen wir auch nicht. Der Mensch kann nicht entbehren, worauf er rechtzeitig freiwillig verzichtet.

Wahrlich, wir können stolz sein auf die neue Gesellschaftsordnung, die wir in den letzten achtzig Jahren gemeinsam geschaffen haben, seit jenem ersten St. Cédricstag, als der heilige Cédric, gelobt sei er, in seiner berühmten Ansprache auf dem Bundesplatz verkündete, dass mit der Annahme der Kapitalismusabschaffungsinitiative ein neues Zeitalter beginnen werde.

Und es hat ja auch begonnen, liebe Schwestern und Brüder! Seit achtzig Jahren leben wir darin und geniessen seine Segnungen. Mit jedem dieser Jahre ging es uns besser und besser, tausendmal besser als unseren bemitleidenswerten Nachbarn mit ihren Banken und Einkaufszentren und Multiplexkinos! Denn sie haben nichts als ihr Geld und ihren Besitz, wir dagegen haben unsere Überzeugung, so wie sie der heilige Cédric, gelobt sei er, so wunderbar formuliert hat, Rede 94, Absatz 15,

Vers 2: «Ja», sagte er, «dann sind wir eben naive Utopisten, Idealisten und Weltverbesserer – und wir sind verdammt noch einmal stolz darauf.» Amen.

Wir singen gemeinsam das Lied Nummer 681: «Wer nur den lieben Gott lässt walten».

Cholesterin

ein Tischgespräch

Personen:
Kalberer, VR-Präsident
Dr. Froidevaux, Chef der Forschungsabteilung
Schuppli, Finanzchef
mehrere untertänige Mitarbeiter
Kellner

Ort der Handlung:
Ein Feinschmeckerlokal

Kalberer:
Was ist denn mit Ihnen, Schuppli? Sie wollen die gute Gänseleber doch nicht etwa stehen lassen!

Schuppli:
Ich muss ein bisschen aufpassen. Mein Cholesterin.

Kalberer:
Der ist gut, Schuppli! Der ist sehr gut! Ich liebe Mitarbeiter mit Humor! Haben Sie gehört, auf was er aufpassen muss? Auf sein Cholesterin! *Er lacht laut.* Ha ha ha ha.

Die untertänigen Mitarbeiter:
He he he he. Hi hi hi hi. Hö hö hö hö.

Schuppli:

Beim letzten Checkup waren meine Werte …

Kalberer:

Seine Werte! Der Mann ist zum Brüllen! Seine Werte! Ha ha ha ha.

Die untertänigen Mitarbeiter:

He he he he. Hi hi hi hi. Hö hö hö hö.

Kalberer:

plötzlich streng So, und jetzt machen Sie Schluss mit dem Theater, Schuppli, und essen Sie auf! Wir haben noch ein paar Gänge vor uns.

Schuppli:

Sofort, Herr Kalberer. *Er isst, so schnell er kann.*

Kalberer:

Cholesterin! Das schönste Wort, das ich kenne. Nach Impotenz und Haarausfall. In Sachen Impotenz sind wir ja gut aufgestellt …

Ein Mitarbeiter, der unbedingt Karriere machen will:

Hö hö hö hö.

Kalberer:

streng Was gibt es da zu lachen, junger Mann?

Der Mitarbeiter, dessen Karriere scheinbar gerade geendet hat:

Ich dachte … Impotenz und aufgestellt … Ich meine: Impotenz ist doch, wenn sich nichts mehr … Ich meine …

Kalberer:

Sehr gut! Hab ich selber gar nicht gemerkt. Aufgestellt, ha ha ha ha.

Die untertänigen Mitarbeiter:

He he he he. Hi hi hi hi.

Der Mitarbeiter, der gerade nochmal Glück gehabt hat:

Hö hö hö hö.

Kalberer:

Nur dass wir gegen Haarausfall immer noch nichts haben. Wie sieht das eigentlich in diesem Punkt aus in Ihren Labors, Dr. Froidevaux?

Froidevaux:

Wir verfolgen mehrere erfolgversprechende Ansätze.

Kalberer:

Mit anderen Worten: Sie kommen nicht voran. Dabei: Entwickeln Sie ein Mittel gegen Haarausfall, und wir alle brauchen einen Tieflader, um den Jahresbonus auf die Bank zu karren.

Froidevaux:

Die Probleme einer so schwierigen Grundsatzforschung …

Kalberer:

Ist ja gut. Ist ja gut. Heute bin ich so gut gelaunt, da kann mich noch nicht mal das Schneckentempo Ihrer Wissenschaftler ärgern. Apropos Schnecken: Habe ich als nächstes bestellt. Mit ganz viel Knoblauchbutter. Speziell für Sie, Schuppli. Wie war die Gänseleber?

Schuppli:

etwas blass Sehr gut, sehr fein.

Kalberer:

Sehen Sie? *Er schnippt mit den Fingern. Mehrere Kellner sprinten an den Tisch und räumen den letzten Gang ab.* Und wegen dem Cholesterin machen Sie sich mal keine Sorgen. Was waren denn das für Werte, die Ihnen so Angst machen?

Schuppli:

Ich hatte hundertfünfundneunzig. Und mein Arzt sagt, alles über hundertachtzig …

Kalberer:

Über hundertsechzig. Mit hundertfünfundneunzig sind Sie praktisch tot. *Schuppli erschrickt. Kalberer lacht.* Das war ein Witz, Schuppli. Ich denke, Sie haben Humor?

Die untertänigen Mitarbeiter:

He he he he. Hi hi hi hi. Hö hö hö hö.

Kalberer:

Sehr richtig, meine Herren. Ha ha ha ha. *Die Kellner kommen mit dem nächsten Gang an den Tisch. Kalberer weist auf Schuppli.* Für den Herrn eine doppelte Portion Knoblauchbutter. Der braucht das.

Der Mitarbeiter, der unbedingt Karriere machen will:

Hö hö … *Kalberer bringt ihn mit einem Blick zum Schweigen.*

Kalberer:

Jetzt machen Sie doch nicht so ein Gesicht, Schuppli. Was feiern wir denn heute hier, hä?

Schuppli:

Die guten Quartalszahlen?

Kalberer:

Nein, Sie Rappenspalter. Die noch besseren Zahlen vom nächsten Quartal. Und vom übernächsten. Weil wir heute nämlich einen grossen Sieg errungen haben.

Der Mitarbeiter, der unbedingt Karriere machen will:

Bravo! *Er applaudiert. Die anderen untertänigen Mitarbeiter machen es ihm nach.*

Kalberer:

abwehrend, aber sichtlich beglückt Danke, danke, danke! Ich wollte es Ihnen allen eigentlich erst hinterher erzählen. Bei einem Single Malt und einer guten Zigarre. Aber bevor uns der Schuppli mit seiner Diätspinnerei den gemütlichen Abend verdirbt … Sagen Sie es ihnen, Dr. Froidevaux!

Froidevaux:

Das Bundesamt für Gesundheit hat heute eine Empfehlung beschlossen …

Kalberer:

… auf den Rat eines völlig unabhängigen Gremiums …

Froidevaux:

… aus lauter anerkannten Wissenschaftlern …

Kalberer:

… von denen nicht einmal die Hälfte ganz zufällig bei uns einen Beratervertrag hat …

Froidevaux:

… eine Empfehlung, wonach …

Kalberer:

unterbricht ihn Halt, stopp, voll auf die Bremse! Herr Schuppli hört ja gar nicht zu. Mir scheint, unser Finanzchef ist ein bisschen grün im Gesicht.

Schuppli:

mit schwacher Stimme Ich esse sonst völlig fettfrei.

Kalberer:

Das kann ja nicht gesund sein. Wenn Gott gewollt hätte, dass wir Diät leben, hätte er die Mayonnaise nicht erfunden.

Die untertänigen Mitarbeiter:

He he he he. Hi hi hi hi. Hö hö hö hö.

Schuppli:

Es geht schon wieder.

Kalberer:

Das will ich hoffen. Die Entrecôtes vom Kobe-Beef sind hier exzellent.

Schuppli:

fast unhörbar Wie schön.

Kalberer:

Und jetzt essen Sie endlich Ihre Schnecken auf! Aber kauen Sie nicht zu laut. Sonst hören wir nicht, was uns Dr. Froidevaux zu sagen hat. *zu Froidevaux* Bitte!

Froidevaux:

Es ist natürlich noch nicht offiziell, aber … Nach der neuen Empfehlung des BfG liegt die Grenze zwischen unbedenklichem und krankhaft erhöhtem Cholesterin ab 1. Oktober nicht mehr bei hundertsechzig …

Kalberer:

… wie wir das in der letzten Verhandlungsrunde durchgesetzt haben …

Froidevaux:

… sondern neu bei hundertfünfunddreissig.

Kalberer:

Was bedeutet, dass ab sofort hundert Prozent aller Schweizer erhöhte Werte haben. Und deshalb täglich Cholesterinsenker einnehmen müssen. In denen wir bekanntlich Marktführer sind. Ich rechne mit einer Milliarde zusätzlichen Umsatz pro Jahr.

Einen Moment lang ist es so still, dass man Schuppli würgend schlucken hören kann. Dann bricht allgemeiner Jubel aus. Die untertänigen Mitarbeiter geben sich alle Mühe, einander dabei zu übertreffen, aber sie haben keine Chance gegen den Mitarbeiter, der unbedingt Karriere machen will.

Der Mitarbeiter, der unbedingt Karriere machen will:

hebt sein Glas Auf unseren Chef! Kalberer, er lebe hoch!

Der Jubel steigert sich immer mehr. Kalberer verneigt sich dankend.

Der Jüngste der untertänigen Mitarbeiter wendet sich an den neben ihn sitzenden Mitarbeiter, der unbedingt Karriere machen will.

Der jüngste Mitarbeiter:

Dann waren also all diese Leute schon immer krank und haben es nur nicht gewusst?

Der Mitarbeiter, der bestimmt Karriere machen wird:

verächtlich Du verstehst wirklich nichts vom Pharmaziegeschäft! Die sind doch nicht krank.

Der jüngste Mitarbeiter:

Was denn sonst?

Der Mitarbeiter, der sogar eine ganz grosse Karriere machen wird:

Kunden.

Schuppli würgt heftiger.

Ordnung muss sein

eine Bewerbung

PER E-MAIL
An das
Kantonale Amt für öffentliche Ordnung
Personalstelle

Betrifft: Ihre Stellenausschreibung 2049/8/11

Sehr geehrte Damen und Herren

Hiermit bewerbe ich mich um die auf Ihrer Website ausgeschriebene Stelle einer Quartierbeauftragten für die Nachbarschaftskontrolle. Das Stellenprofil hat mich angesprochen, und ich glaube, dass ich durch meinen Werdegang den Anforderungen dieses anspruchsvollen Postens in idealer Weise entspreche.

Mein Name ist Martina Zweifel, geboren am 4. Oktober 2021 in Liestal/BL, Bürgerin von Braunwald/GL, Zivilstand ledig.

Die Primar- und die Sekundarschule habe ich in Liestal besucht. Die entsprechenden Zeugnisse füge ich dieser Bewerbung als Attachments bei. Speziell möchte ich aber an dieser Stelle auf die Tatsache hinweisen, dass sich darin von der ersten Primar- bis zur dritten Sekundarklasse keine einzige unentschuldigte Absenz findet, und dass als Betragensnote immer «sehr gut» verzeichnet ist. In den letzten beiden Schuljahren durfte ich darüber hinaus meinem Klassenlehrer des öfteren bei der Pausenaufsicht assistieren. Ich erwähne das nur, um zu zeigen, dass ich mich schon sehr früh zu Kontrolltätigkeiten hingezogen gefühlt habe. Ich denke oft, es ist ein Beruf, für die man geboren sein muss.

Nach Abschluss der obligatorischen Schulzeit arbeitete ich ein Jahr lang als Aushilfskraft in einer Kinderkrippe (Arbeitszeugnis als Attachment). Ich kann mit Stolz sagen, dass die reglementarischen Ruhezeiten an den Tagen, an denen ich dafür zuständig war, immer auf die Minute genau eingehalten wurden. Auch auf die Einhaltung anderer Vorschriften (korrekte Schoppentemperatur, etc.) legte ich stets grössten Wert.

Bei dieser Arbeit lernte ich nicht nur sehr viel über Ordnung und Disziplin, sondern wurde mir vor allem auch der Wichtigkeit guter Paragraphenkenntnisse bewusst. Obwohl die gesetzlichen Bestimmungen damals noch sehr viel weniger detailliert waren, als sie es heute zum Glück sind, umfasste unsere Sammlung der bei der Kinderbetreuung einzuhaltenden Reglemente doch ein ganzes Regal voller Bundesordner. Eine der betreffenden Verordnungen (Rundschreiben des Jugendamtes vom 1. Oktober 2042, betreffend die korrekte Positionierung von Säuglingen beim Windelwechsel) ist sogar auf einen Verbesserungsvorschlag meinerseits zurückzuführen.

Noch während jener Zeit konnte ich auch in einem weiteren Fall einen Beitrag zur Präzisierung von Vorschriften leisten, indem ich die zuständigen Behörden auf einen unabsichtlichen Widerspruch zwischen dem Versammlungsgesetz (Vermummungsverbot) und der Verordnung über die Grippeprävention (obligatorischer Mundschutz) aufmerksam machte (siehe Bestätigungsschreiben der Gesundheitsdirektion im Attachment).

Nach meiner Tätigkeit in der Kinderkrippe übernahm ich eine erste Anstellung bei der Stadtpolizei Basel, Dienstabteilung für die Kontrolle des ruhenden Verkehrs. Für meine kompromisslose Korrektheit in der Ahndung von Zeitüberschreitungen bei der Benutzung von tarifpflichtigen Parkflächen erhielt ich ein Dankesschreiben des stellvertretenden Polizeidirektors (siehe Attachment). Bei der in dem Schreiben erwähnten Verletzung handelte es sich um die Folgen eines tätlichen Angriffs, den ein fehlbarer Fahrzeuglenker auf mich unternahm. Er hatte zuvor die Entgegennahme einer von mir ausgestellten Parkbussenverfügung verweigert, obwohl sein Fahrzeug ganz eindeutig mehr als dreissig Sekunden über die erlaubte Parkzeit hinaus auf dem betreffenden Feld gestanden hatte.

Obwohl mich die Kontrolle des ruhenden Verkehrs beruflich sehr befriedigte, entschloss ich mich, meinen Erfahrungshorizont durch weitere Praktika zu erweitern. Als besonders bereichernd erlebte ich die Zeit, die ich als Stagiaire Bewachungspersonal in der Strafanstalt Hindelbank verbringen durfte. Es entstanden dort einige auf ähnlicher Berufsauffassung basierende Freundschaften.

Durch diese positiven Erfahrungen in meinen beruflichen Zielen bestärkt, schrieb ich mich an der Freien Verwaltungs- und Kontrollschule in Basel ein und schloss den dreijährigen Studiengang mit dem Titel einer diplomierten Vorschriftenverwalterin FVKSB ab (siehe Diplom im Attachment).

Meine Diplomarbeit hatte den Titel «Sicherheitsvorschriften und ihre Auswirkung auf die Unfallstatistik: ein internationaler Vergleich». Darin führte ich den Nachweis, dass sich zwar in der Schweiz für gewisse verkehrstechnische Regelungen (Anschnallpflicht für Automobilisten, Helmpflicht für

Velofahrer, Warnblinkpflicht für Fussgänger) durchaus positive Auswirkungen auf die Unfallstatistik nachweisen lassen, dass sich die Unfallrate aber durch konsequentere gesetzliche Massnahmen, wie sie in anderen Ländern eingeführt wurden, noch erheblich stärker senken liesse. So ist es in Saudi-Arabien gelungen, den Prozentsatz am Steuer verunfallter Fahrzeuglenkerinnen praktisch auf null zu senken, indem man Frauen die Führung von Kraftfahrzeugen generell untersagte. (Ich bin mir aber durchaus bewusst, dass die Einführung einer entsprechenden Massnahme in unserem Land möglicherweise auf gewisse politische Hindernisse stossen könnte.)

Um auch in der Privatwirtschaft Erfahrungen zu sammeln, arbeite ich seit meinem Diplomabschluss im Bereich der Gesundheitskontrolle (Kantinenüberwachung) bei der Firma von Roll. Ich befinde mich dort in ungekündigter Stellung, muss aber feststellen, dass mir die Tätigkeit im nichtöffentlichen Sektor wegen der mangelnden Sanktionsmöglichkeiten nicht wirklich zusagt. Selbst bei gravierenden Verstössen, wie etwa der Verwendung desselben Wischlappens für Tischoberfläche und Geschirr, kann ich nur einen Verweis aussprechen, obwohl eine Geldbusse oder im Wiederholungsfall eine Haftstrafe dem Vergehen sehr viel angemessener wäre. Dies gilt meiner Meinung nach vor allem bei Arbeitnehmern/Arbeitnehmerinnen mit Migrationshintergrund.

Auch in meiner Freizeit befasse ich mich gern mit den Themen Kontrolle und Sicherheit. Als aktives Mitglied des Netzwerks Besorgter Bürger (NBB) beteilige ich mich auf freiwilliger Basis an der Datensammlung für eine grossangelegte Studie über die Einhaltung regulatorischer Richtlinien im täglichen Leben (Compliance Survey 2050). Auch wenn die endgültige Auswertung der Studie noch aussteht, weisen erste Ergebnisse doch auf einen erschreckend laxen Umgang mit gesetzlichen Vorschriften hin.

Nur schon in dem von mir überwachten Mietshaus (18 Wohneinheiten) musste ich innerhalb eines einzigen Monats eine dreistellige Zahl von eindeutigen Übertretungen beobachten. Und dabei handelte es sich in jedem einzelnen Fall um Regelungen, die der Gesetzgeber ausschliesslich im Interesse der Sicherheit und Gesundheit der Bürger getroffen hat!

Um nur ein paar Beispiele zu nennen:

- Die turnusmässige Treppenhausreinigung wurde (ausser von mir natürlich) nicht ein einziges Mal (!) unter Verwendung der vorschriftsmässigen Gasmaske durchgeführt, obwohl doch wissenschaftlich eindeutig nachgewiesen ist, dass das Einatmen von Ammoniakdämpfen zu Verätzungen der Schleimhäute und Entzündungen der Atemwege führen kann.
- Beim Fensterputzen wurden die Fensterbretter in mehr als fünfzig Prozent aller Fälle ohne die vorgeschriebenen, von einer zweiten Person abzusichernden Aufhängungen betreten.
- Beim Ersatz von Lichtquellen im öffentlich zugänglichen Bereich wurden mehrfach nicht die korrekten Supersparlampen, sondern nur einfache Sparlampen verwendet, mit der fadenscheinigen Begründung, die Supersparlampen seien «nicht hell genug».

Diese Beispiele – und die Liste liesse sich beliebig verlängern – haben mir wieder einmal deutlich gemacht, wie unerlässlich es ist, dass die zum Wohl des Bürgers eingeführten Vorschriften von staatlicher Seite auch umgesetzt und umfassend kontrolliert werden. Nur so kann unser Land in dieser Hinsicht seine führende Stellung behalten, und können wir auch weiterhin zu Recht stolz darauf sein, die höchste Regelungsdichte in ganz Europa zu haben. Schliesslich hat kein anderes Land der Welt eine Scheibenbremsenpflicht für Kinderwagen eingeführt, und um unser Verbot des Rauchens in Privaträumen ohne Sprinkleranlage beneidet uns die ganze Welt.

Aber selbst sicherheitsrelevante Spitzenleistungen, wie das Reglement über die korrekte Konsistenz von Zuckerwatte auf Jahrmärkten oder die Verordnung über die Maulkorbpflicht für Meerschweinchen, bleiben wirkungslos, wenn eine Zuwiderhandlung keine ordnungsrechtlichen Konsequenzen nach sich zieht. Und das heisst: Kontrolle, Kontrolle und nochmals Kontrolle! Sie ist nun mal das Kernstück unserer Demokratie. Als Patriotin ist es mein höchstes Ziel, mit meiner Arbeit einen bescheidenen Beitrag zum Wohl unseres Gemeinwesens und zum reibungslosen Funktionieren unseres Staates leisten zu dürfen.

Ich glaube, dass ich nicht nur durch meine Ausbildung, sondern vor allem auch durch das Herzblut, das ich für die gute Sache zu investieren bereit bin, für die von Ihnen ausgeschriebene Stelle ideal geeignet wäre. Ich freue mich auf einen positiven Bescheid und die Einladung zu einer persönlichen Vorstellung.

Referenzen:

- Dr. Hans-Walter Bachmann, Rektor des Schulhauses Sissacherstrasse, 4410 Liestal/BL
- Hans-Ulrich Neukomm, Direktor der Strafanstalt Hindelbank, Von Erlachweg 2, 3324 Hindelbank/BE
- Florian Schwendi, Präsident des Netzwerks Besorgter Bürger, Postfach 312, 8008 Zürich/ZH

Attachments erwähnt.

Die Ehrlichkeitsinitiative

ein Interview

Während sich im Bundeshaus die politische Elite zu einem festlichen Empfang trifft (Wein: Coop; Bündnerfleisch: Metzgermeisterverband), sitzt Paul Maienfelder (83) am Küchentisch seiner bescheidenen Zweizimmerwohnung in Läufelfingen und blättert in einem Album voller sorgfältig eingeklebter Zeitungsausschnitte. Er hat keine Einladung nach Bern bekommen. Und dabei ist es eigentlich sein Jubiläum, das da gefeiert wird. Roswitha Hänggi hat Paul Maienfelder besucht.

– Herr Maienfelder, wenn es mit rechten Dingen zuginge, müssten Sie der eidgenössische Nationalheld sein.

– Das hat meine Frau auch immer gesagt, das Rosi. Nur im Spass, natürlich. Einmal, zu meinem Siebzigsten, hat sie ein Bild vom Winkelried genommen, mit all den Speeren in der Brust, und hat mein Foto hineingeklebt. Sie war immer eine Lustige, das Rosi.

– Zu den Feierlichkeiten im Nationalratssaal hat man Sie aber nicht eingeladen.

– Ich wäre auch nicht hingegangen.

– Weil der Mangel an öffentlicher Anerkennung Sie verletzt hat?

– Nein, überhaupt nicht. Ich kann nicht mehr so lange stehen. Meine Beine, wissen Sie. Und dabei habe ich früher einmal Fussball gespielt. Nicht gut, aber gern. Eigentlich hat damit alles angefangen.

– Mit dem Fussball?

– Mit den Trikots. Wir hatten nur einen Satz, und wenn man den an jedem Samstag angezogen hat und manchmal noch unter der Woche zum Training und dann ab in die Waschmaschine – also den Prix d'Elégance hätten wir nicht gewonnen. Aber Geld für neue war keines da. Wir waren nur die C-Junioren, und der Verein auch nicht gerade Bayern München. Da ist mir dann die Idee gekommen.

– Wie alt waren Sie damals?

– Fünfzehn. Oder auch erst vierzehn. So genau weiss ich das nicht mehr. Ein Schnudergoof, aber frech wie Oskar. Bin einfach zum Studer gegangen, der war der Bäcker am Ort und hatte auch das Café, wo wir nach dem Training immer hingegangen sind auf ein Elmer Citro – Bier haben wir nur heimlich getrunken, in unserem Alter –, bin einfach zu ihm hingegangen und habe ihn gefragt, ob er nicht unser Sponsor sein will. Mit dem Namen von seinem Café auf den Trikots. Zuerst hat er nein gesagt, weil er ja die einzige Bäckerei im Ort war und die Leute sowieso bei ihm haben einkaufen müssen, aber ich habe ihn überredet. So hatten wir dann neue Trikots, ich weiss noch: schwarz und rot. Aber besser gespielt haben wir deswegen auch nicht. *Lacht.*

– Und das war der Anfang von allem?

– Wenn man es richtig überlegt schon. Ich bin ja dann später auch beruflich in die Werbung eingestiegen.

– Sie hatten eine eigene Agentur.

– Ach, wissen Sie, Agentur … Ein Büdeli war das, mehr nicht. Nur ich und das Rosi. Zuerst war sie meine Angestellte und dann … Fast fünfzig Jahre waren wir verheiratet, bis sie dann diesen Krebs bekommen hat. Fast fünfzig Jahre.

– Um wieder auf Ihre Erfindung zurückzukommen …

– Eine richtige Erfindung war es ja nicht. Das gab es schon immer. Ich war nur der erste, der es auch auf die Politik angewendet hat.
– Und damit eine regelrechte Revolution ausgelöst.
– Ich will Ihnen einmal etwas sagen: Wenn ich gewusst hätte, wie gross das wird und was es alles für Folgen hat – ich hätte den Vorschlag nie gemacht. Eigentlich bin ich nämlich ein konservativer Mensch. Vielleicht sogar zu sehr. Das Rosi hat immer gesagt: «Wenn es nach dir ginge, würden wir immer noch mit der Postkutsche durchs Land fahren.» Nur im Spass, natürlich. Sie war eine Lustige, das Rosi.
– Wann haben Sie bei Ihrer Idee zum ersten Mal an den Nationalrat gedacht?
– Überhaupt nicht.
– Aber die Volksinitiative …
– Die kam nicht von mir. Nicht direkt. Ich bin nicht der Typ, der Unterschriften sammeln geht. Nein, der Anfang war, dass ein Kunde von mir, er hat etwas mit Computern gemacht, in den Gemeinderat gewählt werden wollte. Und ich sollte ihm eine Kampagne dafür erfinden, alles nur klein-klein, weil er natürlich kein Geld für einen Wahlkampf hatte. Im Prinzip dasselbe wie damals bei unserer Fussballmannschaft und den Trikots. Man musste sich etwas einfallen lassen. Er selber hatte sich Ansteckknöpfe vorgestellt mit seinem Bild drauf, die wollte er in der Gemeinde verteilen. So Buttons halt, wie sie es in Amerika machen. Aber das kostet. Und der Schweizer als solcher zeigt nicht gern in der Öffentlichkeit, für wen er ist. Die Leute hätten sich diese Knöpfe wahrscheinlich gar nicht angesteckt. Da ist mir eingefallen, dass man es umgekehrt machen könnte. Das ist manchmal besser als eine ganz neue Idee. Einfach etwas nehmen, das es schon gibt, und auf den Kopf

stellen. Wie diese Wähe, die das Rosi immer gemacht hat, wo die Äpfel unten sind und der Teig oben. Tarte tatin heisst das. Sie konnte auch gut kochen, das Rosi.

– Sie haben für Ihren Kunden also keine Ansteckknöpfe herstellen lassen, sondern …?

– Doch, schon Buttons. Aber eben umgekehrt. Nicht mit seinem Bild darauf, sondern mit den Firmennamen von den Leuten, die ihn unterstützt haben. Und nicht die andern mussten sie sich ans Revers stecken, sondern er hat das gemacht. Bei sich selber. Ein Knopf neben dem andern. Und die Firmen haben dafür bezahlt. Nicht viel natürlich, es ging ja nur um den Gemeinderat, aber doch. Kleinvieh macht auch Mist. Die andern, die auch gewählt werden wollten, haben ihn natürlich angegriffen, von wegen käuflich und so, aber das hatte ich vorausgesehen und eine Antwort für ihn vorbereitet. Die hat er jedes Mal gebracht, wenn er darauf angesprochen wurde. «Ich bin wenigstens ehrlich und zeige öffentlich, von wem ich Geld bekomme. Ich mache es nicht unter dem Tisch, wie die anderen Kandidaten.» Zwei Wochen vor dem Wahltermin habe ich ihn dann noch ankündigen lassen, dass er, wenn er gewählt wird, auf das Sitzungsgeld verzichtet. Es war sowieso nicht viel, und mit dem Sponsoring hat er es mehrfach wieder hereingebracht. Kein Sitzungsgeld – damit war die Sache gelaufen. Fast doppelt so viel Stimmen wie der zweite hat er bekommen.

– Und dann haben Sie dieses Prinzip auch bei anderen Wahlen angewendet?

– Nicht ich. Das war ja das Verrückte. Es hat sich herumgesprochen, und die Leute haben es einfach nachgemacht. Ich hatte da überhaupt nichts davon. Man kann so etwas nicht patentieren. Oder vielleicht könnte man es, und ich habe nur nicht daran gedacht. Ich bin zu vertrauensselig in solchen Sachen, das hat das Rosi auch immer gesagt. Egal. Wir hatten auch so unser Auskommen. Aber ein bisschen stolz war ich schon, als immer mehr Politiker mit solchen Buttons herumgelaufen sind. Weil man irgendwann nicht mehr als ehrlich galt, wenn man es nicht gemacht hat.

– Ihre Idee war so erfolgreich, dass schliesslich sogar eine Volksinitiative …

– Die hatte mit mir nichts zu tun. Überhaupt nichts. Die SP-Leute haben mich nicht einmal gefragt, als sie sie eingereicht haben. Ich sage Ihnen jetzt etwas, das Sie überraschen wird: Ich war dagegen. Prinzipiell. Weil ich gefunden habe – und immer noch finde! –, dass sie es übertrieben haben mit dieser Ehrlichkeitsinitiative. Ein guter Name, natürlich. Schlagkräftig. Wer ist schon gegen Ehrlichkeit? Aber ich habe trotzdem nein gestimmt.

– Und waren damit in der Minderheit. Fast zwei Drittel der Stimmbürger haben ja gesagt.

– Das Prinzip ist ja auch gut, klar. Dass ein Nationalrat den Namen jeder Organisation, die ihn finanziell unterstützt, deutlich lesbar am Revers tragen muss. Obwohl es manchmal schon etwas blöd aussieht, mit den extrabreiten Tschoopenaufschlägen, die manche Nationalräte brauchen, um all ihre Schildchen unterzubringen. Aber mich stört etwas ganz anderes. Die Bestimmung, wonach Nationalräte nach ihren Geldquellen benannt werden. Ich bin vielleicht ein altmodischer Mensch, da hat das Rosi schon Recht gehabt, aber mir fehlt einfach etwas, seit es nicht mehr heisst «der Nationalrat aus Zürich» oder «aus Bern» oder «aus Genf», sondern «der von der Crédit Suisse» oder «die vom Gewerkschaftsbund».

– Es sorgt für mehr Klarheit.

– Schon. Nur bin ich gar nicht sicher, ob das wirklich eine gute Sache ist. Sehen Sie, Demokratie, finde ich, das darf nicht einfach nur sachlich sein. Da gehört auch immer ein Schuss Romantik dazu. Etwas, an das man glauben kann, auch wenn man weiss, dass es in Wirklichkeit gar nicht so ist. Die Schweiz ist auch nicht wie in den 1. August-Ansprachen, und doch würde uns etwas fehlen, wenn es keine mehr gäbe. Illusionen, verstehen Sie? Ich war mein Leben lang in der Werbung, ich weiss, dass die Menschen das brauchen. Wie im Märchen, wo es ja auch Prinzen gibt auf weissen Pferden, oder einen Frosch, der eigentlich ein Mensch ist. Ein völlig ehrlicher Politiker, der nur das Gemeinwohl im Kopf hat und sonst nichts, das ist im Grund dasselbe. Wir wissen, dass es ihn nicht gibt, aber wir wollen trotzdem an ihn glauben. Man sollte das nicht mit allzu viel Wirklichkeit kaputt machen, sonst werden die Leute nur zynisch.

– Ich finde es überraschend, das von Ihnen zu hören. An der Initiative waren Sie vielleicht nicht beteiligt, aber Sie haben das Prinzip erfunden.

– Aber doch nur als Werbegag! Wenn ich gewusst hätte, was das einmal für Folgen haben wird – ich hätte die ganze Aktion nie gestartet. «Der Nationalrat von der Migros» und «der Nationalrat vom Bauernverband»! Wie tönt denn das? Wissen Sie, was das Rosi gesagt hat, als wir zum ersten Mal so einen FDP-Mann am Fernsehen gesehen haben, und sein Tschoopen war so voller Firmenschilder wie eine russische Generalsuniform voller Medaillen? «Käuflich sein ist eine Sache», hat sie gesagt, «aber der sieht aus wie Ausverkauf.» Ja, sie war immer eine Lustige, das Rosi.

– Herr Maienfelder, wir danken Ihnen für das Gespräch.

Der Gang an die Urne

eine Ballade

Ein Sonntag war's, die Stunde früh,
die meisten Menschen schliefen.
Da hörte er im Traume, wie
fern Stimmen nach ihm riefen.
Und zu ihm sprachen: «Aufgewacht!
Du darfst nicht länger träumen.
Willst du denn etwa unbedacht
die Bürgerpflicht versäumen?
Die ganze Schweizer Nation
geht stimmen heut und wählen.
Und darum: Stehe auf, mein Sohn!
Lass deine Stimme zählen!»
Noch einen kurzen Augenblick
liess er vom Schlaf sich wiegen,
dann schlug die Decke er zurück
und blieb nicht länger liegen.
Die Sonne draussen schien so hell,
als blühten tausend Rosen.
Er putzte sich die Zähne schnell
und stieg in seine Hosen.
Er zog sich seine Schuhe an,
ein Zögern gab es nicht.
Ein echter, rechter Schweizer Mann
tut seine Bürgerpflicht.

‹Ich mach es›, dacht er, ‹wie vor mir
es schon mein Vater machte!›
Und war schon beinah aus der Tür,
als seine Frau erwachte.
«Wo willst du hin?», rief seine Frau,
«zu dieser frühen Stunde?
Es ist doch erst halb zehn! Sei schlau,
und schlaf noch eine Runde!
Und willst du nicht mehr schlafen – fein,
dann lass es eben bleiben.
Uns fällt schon etwas andres ein,
die Zeit uns zu vertreiben.
Der Tag ist jung, das Bett ist warm,
und da gehst du spazieren?
Du könntest doch in meinem Arm
was Schöneres probieren!»
Ein Mann muss tun, was er tun muss,
drum liess er sich nicht fangen,
gab seiner Frau noch einen Kuss
und war auch schon gegangen.
Er liess sie ganz allein zurück
und trat ins Tageslicht.
Ihn rief in jenem Augenblick
allein die Bürgerpflicht.

Die Strassen waren öd und leer.
Er konnte es kaum fassen.
Hatte sich wirklich keiner mehr
rechtzeitig wecken lassen?
Da! Eine Stimme! Und es war
ein Freund aus alten Tagen.
Da hat man sich, das ist ja klar,
erst einmal viel zu sagen.
«Ich geh zum Umtrunk», sagte der.
«Willst du mich nicht begleiten?
Dann reden wir ein bisschen mehr
von guten alten Zeiten.
Komm einfach mit! Ich lad dich ein!
Gleich hier im Rathauskeller.
Bei einem Bierchen oder zwein
vergeht die Zeit viel schneller.»
Ach, die Versuchung war sehr gross.
Fast hätt er nachgegeben.
Doch schliesslich riss er sich doch los.
«S'gibt Wichtig'res im Leben,
als was ein Stammtisch und ein Bier
zu geben mir verspricht.
Nein, etwas Gröss'res ruft nach mir:
Mich ruft die Bürgerpflicht!»

So ging er weiter, festen Schritts,
grad wie die alten Recken.
Jedoch ganz plötzlich, wie ein Blitz,
durchzuckte ihn ein Schrecken,
weil ein Plakat ins Aug ihm fiel,
und darauf stand zu lesen:
Der Lieblingsmannschaft Auswärtsspiel,
das wär ja heut gewesen!
Gleich dachte er: ‹Es wird ja dort
der Anpfiff erst um drei sein.
Wenn ich zum Bahnhof geh sofort,
kann ich doch noch dabei sein.
Wär ich nicht dort – wie grauenhaft!
Ich müsst mich ewig hassen.
Es geht doch um die Meisterschaft.
Das darf ich nicht verpassen.›
Schon rennt er auf den Bahnhof zu.
Doch steigt er ein? Mitnichten!
Die inn're Stimme sagt ihm: «Du
musst lernen zu verzichten.
Es zeigt der echte Schweizer Mann
die Stärke im Verzicht,
damit er später sagen kann:
Ich tat die Bürgerpflicht!»

Da schaut er auf die Uhr und denkt:
Jetzt muss ich mich beeilen,
darf nicht, von etwas abgelenkt,
auf meinem Weg verweilen.
Er schreitet aus, so schnell er kann,
dem Vaterland zum Wohle.
Da plötzlich steht vor ihm ein Mann,
der hat eine Pistole.
Schon sieht er, bleich und schreckensbang,
den Kerl die Waffe heben
und hört der fremden Stimme Klang:
«Dein Geld oder dein Leben!»
Er war bisher noch nie ein Held,
tat niemals Waffen führen,
doch vor die Frage hier gestellt,
weiss er zu reagieren.
Denn ihn packt eine grosse Wut,
als stünd' sein Herz in Flammen.
Er schlägt den bösen Tunichtgut
mit einem Schlag zusammen
und sagt zu ihm: «Jetzt hör gut zu!
Das Geld, es reut mich nicht.
Mich reut die Zeit, denn heute tu
ich meine Bürgerpflicht!»

Der Weg, zum Glück, ist nicht mehr weit.
Er rennt, so schnell er kann.
Und kommt gerade noch zur Zeit
beim Stimmlokale an.
Zückt draussen schon sein Stimmcouvert,
denn jede Stimme zählt –
jedoch der Saal ist menschenleer,
und auch die Urne fehlt.
Ein grosser, fremder, dunkler Raum,
der ihn zutiefst erschreckt,
als wäre es ein böser Traum.
Bis er das Schild entdeckt.
Es hängt an einer Wand im Saal.
Er liest mit letzter Kraft:
‹Die Abstimmung wie früher mal
ist künftig abgeschafft.
So mancher, das war das Problem,
bleibt sonntags gern im Bett.
Und darum stimmt man jetzt bequem
nur noch per Internet.›
Gespenstisch durch die Räume schallt,
was unser Mann nun spricht:
«Dann scheisse ich in Zukunft halt
auf meine Bürgerpflicht!»

Sei klüger, Schweizer, als der Mann,
und lern aus dem Bericht:
Schaff dir einen Computer an,
das ist jetzt Bürgerpflicht!

Der arme Mann und die Fee

ein Märchen

Es war einmal – kommt näher, liebe Kinder, und hört mir zu! –, es war einmal ein Mann, der war so bitter arm, dass er schon drei Jahre denselben Wagen fuhr, und das war erst noch ein Mittelklassemodell und hatte nicht einmal ein eingebautes GPS. Sein iPhone war nicht das neuste Modell, und seine letzten Ferien hatte er in Costa Rica verbringen müssen, in einem All-Inclusive-Resort, und dort waren die Eier auf dem Frühstücksbuffet nicht ein einziges Mal so gekocht gewesen, wie er es gern hatte. So arm war er.

Ausserdem – wen das Leben nicht mag, den mag es gar nicht – war er auch noch ein Pechvogel. Ständig passierten ihm die schlimmsten Sachen. Allein an diesem Tag hatte das Tram, mit dem er in die Stadt gekommen war, fast drei Minuten Verspätung gehabt, beim Aussteigen wäre er beinahe über eine Bierdose gestolpert, die jemand einfach so hatte liegen lassen, und dann hatte ihn erst noch ein Ausländer nach dem Weg zum Bahnhof gefragt, und zwar auf Englisch, und als der Mann dem Fremden Auskunft gab, hatte der noch nicht einmal Zürichdeutsch verstanden. Ja, so ein vom Schicksal geplagter Pechvogel war er.

Diesem Mann, den sein Chef Herr Meier nannte und seine Frau Alois, denn er hiess – das habt ihr fein herausgefunden, liebe Kinder! – Alois Meier, diesem Mann also begegnete eines Tages eine Fee. Die Fee arbeitete am Parfumstand in einem Warenhaus, wo sie acht Stunden am Tag lächeln musste und manchmal einer Kundin ein bisschen Duftwasser aufs Handgelenk sprühen. Sie hätte lieber einen anderen Job gehabt, aber in jener Zeit war es so, dass man ohne Matur noch nicht einmal Kindergärtnerin werden konnte, geschweige denn eidgenössisch diplomierte Glücksbringerin. Dazu brauchte man mindestens ein Bachelor-Diplom. Die Begabung der Fee lag aber nun mal eher im Praktischen, im Wünsche-Erfüllen und Zukunft-Voraussagen. Wie aber die Hauptstadt von Madagaskar heisst, wusste sie nicht, und den Unterschied zwischen Sinus und Cosinus hatte sie auch nie begriffen. Daher der Teilzeitjob am Parfumstand.

Manch einer, der im Märchen-Anhören nicht so geübt ist wie ihr, liebe Kinder, mag jetzt fragen, warum sich die Fee all die Dinge, die man zum Bestehen von Prüfungen braucht, nicht einfach in ihren Kopf hineinwünschte. Dann hätte sie studieren können und vielleicht eine Masterarbeit über «Magie im Wandel der Zeiten» schreiben. Aber eine Fee – das habt ihr prima herausgefunden! – darf sich prinzipiell keine eigenen Wünsche erfüllen, das ist gegen die Vorschriften, und man bekommt Schwierigkeiten mit dem Departement für übersinnliche Angelegenheiten.

Der arme Mann war an den Stand der Fee gekommen, weil seine Frau sich zum Geburtstag ein ganz bestimmtes Parfum bestellt hatte, und dazu noch von derselben Marke eine Tagescreme mit Multimineralkomplex. Die Fee hatte auch beides vorrätig, aber als sie ihm den Preis nannte, da wurde der Mann so bleich, als ob er nicht gerade erst in Costa Rica zwei Wochen in der Sonne gelegen hätte.

«Ich bin kein Millionär», sagte er, «und so viel kann ich nicht bezahlen.» Man könne ja glatt meinen, fügte er hinzu, sie wolle ihm kein Parfum verkaufen, sondern pures Gold.

«Nein», antwortete die Fee. «Pures Gold wäre billiger.»

«Gibt es nicht eine günstigere Marke», fragte der arme Mann, «deren Fläschchen genauso beeindruckend aussehen?»

Da schüttelte die Fee den Kopf, dass die blonden Haare nur so flogen. Alle Feen, das wisst ihr sicher, liebe Kinder, haben blonde Haare. Manchmal sind sie nur gefärbt, aber Vorschrift ist Vorschrift. «Tut mir leid», sagte die Fee.

Der Mann nickte traurig und sagte mit leiser Stimme: «Meine Frau wäre sowieso nicht darauf hereingefallen. Sie heisst Aloisia, und in solchen Dingen nimmt sie es sehr genau.»

Da bekam die Fee Mitleid mit ihm, und obwohl sie kein Glücksbringer-Diplom hatte und in der Mitarbeiterschulung gelernt hatte, dass kostenlose Dienstleistungen nur nach Absprache mit dem Kundendienst zulässig sind, holte sie ihren Zauberstab unter dem Verkaufstisch hervor, wo sie ihn während der Arbeit aufzubewahren pflegte, neben der Flasche mit dem Mineralwasser und dem Päckchen mit ihren Zigaretten (Ja, liebe Kinder, auch Feen haben manchmal schlechte Angewohnheiten.) Sie beschrieb mit dem Zauberstab einen Kreis in der Luft, und im selben Augenblick erklang im ganzen Warenhaus eine gar himmlische Melodie. Die hatte aber nichts mit der Fee zu tun, sondern war die Einleitung zu einer Durchsage, in der den Kunden ein Besuch im hauseigenen Restaurant empfohlen wurde, wo es heute zu jeder Tasse Kaffee ein Gipfeli gratis gab.

Die Fee wartete ab, bis auch der abschliessende Jingle verklungen war. Dann lächelte sie holdselig und sagte: «Ich bin die gute Fee Arabella, und weil du ein so armer Mann bist, und weil deine Frau Geburtstag hat und der Multimineralkomplex viel zu teuer ist, deswegen hast du jetzt drei Wünsche frei.»

Da freute sich der Mann, denn so etwas ist natürlich noch besser als ein Gratis-Gipfeli zum Kaffee. Aber dann begann er nachzudenken und immer noch mehr nachzudenken. Er bekam dabei – aber das merkte er selber nicht – genau die gleichen Falten auf der Stirn, die sich auch jedes Mal bei ihm einstellten, wenn er beim Bezahlen im Supermarkt den Kassenzettel noch einmal im Kopf nachrechnete, bevor er sein Portemonnaie zückte. Zwar hatte er dabei noch nie einen Fehler gefunden, aber sicher ist sicher.

Die Fee wartete. Sie war, wie alle Feen, unsterblich und deshalb sehr geduldig.

«Können es nicht auch vier Wünsche sein?», fragte der Mann nach einer Weile.

«Leider nein», sagte die Fee.

«Oder drei Wünsche und noch ein ganz kleiner extra?»

«Auch das nicht», sagte die Fee. Die Regeln, das wusste sie auch ohne eidgenössisches Diplom, sind in diesem Punkt streng.

Alois Meier – erinnert ihr euch noch, liebe Kinder, dass er Alois Meier hiess? – dachte lange nach. Sehr lange. ‹Ich bin schon der Ärmste der Armen›, ärgerte er sich. ‹Und ein Pechvogel bin ich obendrein. Nur drei Wünsche, das ist eigentlich gar nichts. Anderen Leuten bewilligt sie bestimmt sieben. Oder zwölf. Oder gleich hunderttausend.› Und dann dachte er noch ein bisschen weiter nach.

Die Stimme aus dem Lautsprecher empfahl die eben eingetroffene Wintermode, aber er hörte kein Wort davon. Und dabei hätte es doch in der nächsten Viertelstunde für schnell Entschlossene zehn Prozent Rabatt gegeben. Alois Meier gehörte nicht zu den schnell Entschlossenen.

Die Fee, trotz ihrer Unsterblichkeit, wurde allmählich ungeduldig. Gleich hatte sie zehn Minuten Pause und konnte es kaum erwarten, sich eine Zigarette anzuzünden. (Wie gesagt, in diesem Punkt war sie nicht feenhaft vorbildlich.) «Wissen Sie was?», sagte sie schliesslich. «Wünschen Sie sich doch einfach das, was Ihnen auf der Welt am wichtigsten ist.»

Da war dem Mann ganz plötzlich, als ob er eine feine Stimme hörte, die ihm die richtigen Wünsche einflüsterte. Genau so, wie ihm sein Banknachbar in der Primarschule manchmal in den Rechnungsprüfungen die Ergebnisse eingesagt hatte – etwas, das ihr hoffentlich nie macht, liebe Kinder! Und wie er diese Stimme hörte, zog ein Lächeln über sein Gesicht, und er sagte ganz schnell: «Ich wünsche mir erstens, dass das Tram pünktlich fährt, zweitens, dass auf der Strasse nicht immer so viel Dreck herumliegt, und drittens, dass alle Ausländer richtig Schweizerdeutsch lernen müssen.»

Die Fee schwenkte ihren Zauberstab, eine feine Melodie ertönte, die diesmal nicht aus den Lautsprechern kam, und dann war die Fee ganz plötzlich verschwunden. Vielleicht, weil sie ihre Aufgabe erfüllt hatte, aber vielleicht auch, weil sie mit dem Rauchen nicht länger warten wollte. Welches von beiden, das könnt ihr selber entscheiden.

Der Mann aber beschloss, seiner Frau einen Blumenstrauss zu kaufen, denn Blumen, das hatte er einmal gelesen, erfreuen Frauen immer. In dem Blumenladen direkt neben dem Warenhaus besorgte er einen grossen Bund rosaroter Nelken. Sie hätten dort auch Rosen gehabt, aber diese Wucherpreise konnte er nicht bezahlen, denn er war ja – erinnert ihr euch noch, liebe Kinder? – ein armer Mann.

Als er aus dem Laden kam, stand da eine Frau, die war aus Afrika gekommen und hatte eine ganz schwarze Haut. Die

Frau streckte die Hand in seine Richtung aus und sagte in akzentfreiem Zürichdeutsch: «He, Alte, häsch mer mal en Schtutz?» Er hatte aber keinen für sie, denn, das hatte er seiner Frau oft gesagt, solche Leute kaufen sich mit dem erbettelten Geld kein Brot, sondern immer nur Drogen.

Auf dem Weg zur Tramstation fiel ihm auf, dass der Boden blitzblank war, kein einziges Kaugummipapier lag da herum und auch kein Zigarettenstummel, nicht mal einer von der Fee. So sauber war der Boden, dass man davon hätte essen können. Aber warum sollte man das tun, wenn man zu Hause einen Esstisch hat und eine Frau, die ganz brauchbar kocht?

Das Tram – ihr werdet es schon geahnt haben, liebe Kinder! – kam auf die Sekunde pünktlich, denn wenn Feen etwas versprechen, dann halten sie es auch.

So hatten sich alle Wünsche des Mannes erfüllt, und trotzdem – er konnte sich selber nicht erklären, warum – war er nicht glücklich geworden. Er schnauzte sogar seine Frau an, als die sich über die rosaroten Nelken nicht freuen wollte und doch lieber ihr Parfum und die Creme mit dem Multimineralkomplex gehabt hätte. «Ich bin ein armer Mann», sagte der arme Mann, «und solche Extravaganzen können wir uns nicht leisten.»

Da sagte seine Frau gar nichts mehr, sondern flüsterte nur ganz leise: «Ach, Alois.» (Habt ihr noch gewusst, dass der arme Mann Alois Meier hiess? Dann könnt ihr es jetzt wieder vergessen.) Der Mann aber setzte sich in den Sessel vor den Fernseher und schaltete das Programm ein, über das er jedes Mal schimpfte.

Nein, liebe Kinder, glücklich wurde er nicht, trotz seiner Begegnung mit der Fee. Vielleicht weil er sich die falschen Sachen gewünscht hatte. Aber vielleicht auch nur, weil er ein Schweizer war, und deshalb zum Glücklichsein nicht geeignet.

Und wenn er nicht gestorben ist, dann beschwert er sich noch heute.

Der Fall «Bismarck»

eine Aktennotiz

Geheim! Persönlich übergeben! Nummeriertes Exemplar!
Von: IV/a/1
An: Chef VBS

1. Problemstellung:

– Generell armeekritische bis armeefeindliche Stimmung in der Bevölkerung. (Zweite Initiative «Schweiz ohne Armee» nur dank Ständemehr knapp abgelehnt.)
– Wegen allgemeiner Finanzkrise hohe Bereitschaft der Politiker aller Parteien, zukunftsgefährdende Einsparungsvorschläge zu unterstützen. (Beispiel: Motion Sturzenegger betreffend Ersatz von WKs durch interaktive Übungseinheiten am Computer.)
– Nach Plafonierung und teilweiser Reduzierung der Militärausgaben zunehmend veraltetes Material und hoher Beschaffungsbedarf. (Dringend notwendiger Ersatz von Kampfflugzeugen seit mehr als drei Jahrzehnten blockiert!)

Dadurch:

– Sinkende Moral bei der Truppe.
– Schwierigkeiten bei der Nachwuchswerbung für das Offizierskorps.
– Zukunftsaussichten in externer wie interner Beurteilung negativ. (Zitat aus Leitartikel *Financial Times*: «Wenn die Schweizer Armee eine Aktie wäre, müsste man zum Verkauf raten.»)

2. Aufgabe:

Konzeptuelle Überlegungen und Entwicklung von Strategien mit dem Ziel

a) die öffentlichen Wahrnehmung der Armee zu verbessern (Image-Optimierung);
b) eine langfristig gesicherte Verbesserung der finanziellen Grundlagen zu erreichen (Ausstattungs-Optimierung).

Bei der Befehlsausgabe durch Chef VBS ausdrücklich als Parameter vorgegeben: In Anbetracht der immer schwieriger werdenden Rahmenbedingungen sollen *auch unorthodoxe Lösungen* in die Evaluation aufgenommen werden. Dringender aktueller Handlungsbedarf!

Ein Budget wurde unter dem diskreten Titel 6/39/8 (diverse Unterhaltskosten) in die Finanzplanung aufgenommen.

3. Grundsatzüberlegungen:

Erste, noch nicht vertiefte Analyse der Problematik: Zwischen den beiden oben genannten Punkten (Image und finanzielle Ausstattung) besteht eine direkte Korrelation. Image = Ursache, Ausstattung mit den benötigten Mitteln = Auswirkung. *Je höher die gesellschaftliche Wertschätzung der Armee, desto größer die Bereitschaft, Geld dafür zu bewilligen.* Es erscheint daher sinnvoll, Lösungsansätze primär im Image-Bereich zu entwickeln.

Eine (getarnt durchgeführte) Umfrage, in der eine alters-, berufs- und wohnortsmässig repräsentative Gruppe von Schweizer Bürgern eine vorgegebene Liste von Adjektiven bezüglich ihrer Anwendbarkeit auf die Schweizer Armee zu bewerten hatte, ergab ein erschreckendes Ergebnis: Die Eigenschaft mit der höchsten Zustimmung war «überflüssig», während der Begriff «notwendig» die weitaus geringsten Werte

erreichte. (Detaillierte Ergebnisse der Umfrage siehe Anlage I.)
Eine ergänzende historische Analyse (Anlage II) zeigte, auf die letzten anderthalb Jahrhunderte bezogen, eine klare Korrelation zwischen der Wertschätzung der Armee und der äusseren Bedrohung. Die höchsten Zustimmungswerte sind für die Perioden der Grenzbesetzung in den beiden Weltkriegen festzustellen.
Ein Vergleich dieser aus heutiger Sicht geradezu märchenhaft erscheinenden Höhepunkte mit den erschreckend niedrigen Ergebnissen des letzten Jahrzehnts führt unausweichlich zur Erkenntnis: *Unsere Armee wird für die von ihr nicht zu verantwortende Tatsache «bestraft», dass gegenwärtig nirgends ein realistischer Feind existiert.* (Dabei müsste gerade dieser Zustand vom Standpunkt der militärischen Logik aus zu verstärkter Unterstützung durch die Politik führen, da der Mangel an Feinden die Arbeit der Armeeführung vor allem auf der Motivationsebene äusserst erschwert. Denken wir nur an die Schwierigkeit, für die Übungsanlage von Manövern einen realistischen BöFei zu definieren.)
Der im Folgenden vorgeschlagene und zur Implementierung empfohlene Lösungsansatz beruht auf den hier geschilderten Grundsatzüberlegungen.

4. Analyse:

Unwissenschaftlich, aber in militärischer Knappheit ausgedrückt: *Wir brauchen einen Feind.* Die Arbeitsgruppe hat für diese Position ein ausführliches Anforderungsprofil erstellt (Anlage III), das sich aber auf zwei unabdingbare Kernelemente reduzieren lässt: *Realistische Bedrohungswirkung ohne reelle Gefährdung*. Das entspricht der historischen Erfahrung,

dass die Schweizer Armee immer dann am erfolgreichsten gekämpft hat, wenn der erwartete Angriff schlussendlich nicht stattgefunden hat.
Der naheliegende Gedanke, einem Nachbarland den Krieg zu erklären, musste aus folgenden Gründen verworfen werden:

- Im Fall Liechtenstein: Schwierigkeit, ein glaubhaftes Bedrohungsszenario zu präsentieren, da das Land über keine Armee verfügt.
- Im Fall eines anderen Nachbarlandes: Nicht ganz auszuschliessende Gefahr einer militärischen Niederlage.

(Die Idee, einen weiter entfernten Feind in geeigneter Grösse [Kasachstan?] auszuwählen, schien zuerst erfolgversprechend, musste dann aber aus logistischen Gründen verworfen werden.)
Auch konnte im angenommenen Fall einer von der Schweiz ausgehenden Kriegserklärung keine befriedigende Lösung für die Rechtfertigungsproblematik gegenüber der Bevölkerung gefunden werden.

5. Schlussfolgerungen:

Aus den oben genannten Überlegungen ergaben sich zwei logische Konsequenzen:

a) *Die Schweiz muss von einem Nachbarstaat angegriffen werden.*

b) Der Angriff muss in einer Art und Weise geschehen, die keine wirkliche Bedrohung darstellt.
Diese beiden scheinbar widersprüchlichen Ansprüche lassen sich nur in Übereinstimmung bringen, wenn auch eine dritte Anforderung erfüllt ist:

c) Der Angriff muss in Absprache zwischen dem Feind und uns erfolgen.

6. Praktische Durchführung:

Durch Kontakte auf privater Ebene, die bei den jährlichen Treffen der Militärattachés und durch die regelmässige Teilnahme an der Münchner Sicherheitskonferenz (MSC, früher «Wehrkundetagung») geknüpft werden konnten, ist uns bekannt, dass bei den Nachbar-Armeen (insbesondere Deutschland) ein ähnliches, wenn auch nicht exakt gleiches Rechtfertigungsdefizit besteht. Der Versuch, die Beliebtheit der Bundeswehr durch Teilnahme an externen Konflikten (Afghanistan) zu erhöhen, hat sich als kontraproduktiv erwiesen. Andererseits verunmöglicht die Einflussnahme von politischen Interessengruppen (Umweltschützer) in unserem Nachbarland in wachsendem Masse die Durchführung von militärischen Übungen auf eigenem Boden. (Zitat eines anonym bleiben wollenden Generalstabsoffiziers BRD: «Was wir dringend brauchen, ist ein kleiner Krieg.»)

In informellen Gesprächen am Rande verschiedener Tagungen und, in der Endphase, bei einem als Besichtigung einer Militärkonservenfabrik getarnten Treffen wurde gemeinsam exploriert, inwieweit sich die Bedürfnisse der beiden Armeen im Sinne einer allseitigen Synergie koordinieren liessen. Folgendes mehrstufiges Szenario wurde erarbeitet:

Stufe 1: Die Spannungen zwischen Deutschland und der Schweiz eskalieren. (Welcher Art diese Spannungen sein sollen, ist eine Entscheidung der Politik. Unverbindlich angesprochen wurde unter anderem die Steuerproblematik, für die ja der damalige Finanzminister Steinbrück schon einmal das Ausreiten der siebten Kavallerie aus Fort Yuma ins Spiel gebracht hat.)

Stufe 2: Deutschland erklärt der Schweiz den Krieg (Fall «Bismarck»). Sofortige Generalmobilmachung und Wahl eines Generals. Bezug von Verteidigungsstellungen entlang der Grenze. (Entwurf des Aufmarschplans im Fall «Bismarck» siehe Anlage IV; Vorschlagsliste für den Oberbefehl siehe Anlage V.)

Dieses Szenario, das natürlich in seinen Einzelheiten noch verfeinert werden muss, ermöglicht es den Armeen beider Länder, realistische Übungen, insbesondere im Bereich der Verschiebung grösserer Truppenverbände, ohne Proteste aus der Bevölkerung durchzuführen. Auf jeden Fall ist mit einem starken Solidarisierungseffekt zu rechnen, der sich bei der Vorlage eines erhöhten Militärbudgets günstig auswirken sollte.

Stufe 2a (optional): Die deutsche Flugwaffe zerstört bei einem Überraschungsangriff sämtliche Maschinen der Schweizer Armee, so dass die Argumente gegen eine Neuanschaffung von Flugmaterial hinfällig werden. (Unsere deutschen Partner versichern glaubwürdig, dass das durch sorgfältige Koordination ohne Personen- oder Kollateralschäden geschehen kann.)

Stufe 3: Deeskalation der Spannungen ohne (weitere) Kriegshandlungen. (Auch dieser Teil des Plans wird Aufgabe der Politik sein.)

Stufe 4: Beiderseitiger Rückzug der an den Grenzen stationierten Truppen. Aufhebung der Generalmobilmachung. (Konzept für eine Siegesparade siehe Anlage VI.)

7. Empfehlung:

Die Arbeitsgruppe empfiehlt dem Chef VBS einstimmig die Realisierung dieses Konzepts.

Show and Tell

eine Science-Fiction-Story

Haben Sie schon einmal vom weltberühmten Physiker Sebastian Rickli gehört? Nein? Das war auch nicht zu erwarten, weil Sebastian Rickli nämlich nie ein weltberühmter Physiker wurde. Obwohl er schon mit zweiundzwanzig Jahren summa cum laude doktoriert hatte. Obwohl er Oberassistent an einem ETH-Institut gewesen war. Und obwohl er beinahe eine Habilitationsschrift verfasst hätte, in der allein schon der Titel drei Fussnoten hatte.

Aber eben: nur beinahe.

Sebastian Rickli unterrichtet jetzt Physik an der Unterstufe eines Gymnasiums, und seine Schüler fragen sich oft, warum er wohl immer so einen traurigen Eindruck macht. Sie kennen eben seine Geschichte nicht und können sie auch gar nicht kennen. Weil sie nämlich nie stattgefunden hat.

An Ricklis persönlicher Tragödie ist ein gewisser Herr Benziger schuld. Oder eigentlich die eidgenössischen Räte, die eines Tages beschlossen, dass sich die Hochschulen des Landes in Zukunft auf dem freien Markt finanzieren sollten. Damit an den Universitäten nur noch nützliche Dinge gelehrt würden und nicht mehr so überflüssiges Zeug wie mittelhochdeutsche Lyrik oder spätmittelalterliche Kunstgeschichte.

Das Institut für intertemporale Physik, an dem Sebastian Rickli angestellt war, betrieb nützliche Dinge. Sehr nützliche Dinge. Und deshalb tauchte dort eines Tages auch ein potenzieller Investor auf. Professor Gemperle, der Institutschef, beauftragte seinen Oberassistenten damit, sich um diesen Besucher zu kümmern und ihm alles, und zwar – «Verstehen Sie mich, Rickli?» – wirklich alles, zu zeigen.

Herr Benziger erwies sich als wenig begeisterungsfähig. Vom experimentellen Chronotransporter zum Beispiel, der bei den meisten Laien ungläubiges Staunen hervorrief, zeigte er sich völlig unbeeindruckt. Als in der transparenten Box plötzlich das Meerschweinchen erschien, das Rickli erst zehn Minuten später in die Vergangenheit schicken würde, gähnte er sogar. «Nett», sagte Herr Benziger. «Aber nicht wirklich interessant. Ihr Chef hat mir da etwas von einem Monochrobil erzählt …»

Er konnte nur das Chronomobil meinen, von dem sich Gemperle einen Platz neben Newton und Einstein versprach und Rickli zumindest einen Doktor h.c. Aber dieses Gefährt, das zwei Personen in die Vergangenheit transportieren konnte, existierte erst als Prototyp und war auch noch nicht ausgereift. Für das schwierigste Problem war ihnen nämlich bis jetzt noch keine Lösung eingefallen: Wie konnte man sicherstellen, dass ein Besuch in der Vergangenheit diese nicht verändern und damit auch die Gegenwart beeinflussen würde? Sie hatten sich deshalb fest vorgenommen, vorläufig noch niemandem etwas von diesem Projekt zu erzählen. Wenn Gemperle es trotzdem getan hatte, konnte es nur einen Grund dafür geben: Benziger musste ihm eine grosse Investition versprochen haben. Eine sehr, sehr grosse Investition.

«Wilhelm Tell», sagte Benziger. «Der Apfelschuss. Das würde mich interessieren. Wie ich höre, waren Sie schon einmal dort.»

Gemperle war wirklich indiskret gewesen. Denn genau von dieser Geschichte hätte eigentlich niemand etwas erfahren sollen. Vor ein paar Wochen war es gewesen, als der Prototyp nach jahrelanger Entwicklungsarbeit endlich fertiggestellt und die erste Testreihe abgeschlossen war. Professor Gemperle und sein Oberassistent Rickli hatten zur Feier des Tages eine gute Flasche Wein aufgemacht. Und dann noch eine und noch eine. Im Überschwang des Alkohols waren sie auf den verrückten Einfall gekommen, persönlich nachzuprüfen, ob die Urlegende der Eidgenossenschaft tatsächlich so stattgefunden hatte, wie man es in den Schulaufführungen von *Wilhelm Tell* zu sehen bekam. Zu ihrer Überraschung hatte Friedrich Schiller in seinem Stück den Ablauf jenes Tages in Altdorf ganz genau getroffen: Hut auf der Stange, Apfel auf dem Kopf und ein zielsicherer Nationalheld. Am nächsten Tag, als mit dem Kater auch die Vernunft wieder zurückgekommen war, hatten sie sich hoch und heilig versprochen, über dieses riskante Abenteuer eisernes Schweigen zu bewahren.

Und nun hatte Gemperle doch geplaudert. Was nur einen Grund haben konnte: Es musste um eine riesige Investition gehen. Vielleicht sogar um die schon so lang ersehnte zweite, voll finanzierte Professorenstelle. ‹Und die›, überlegte Rickli, ‹müsste dann eigentlich ich bekommen›. Plötzlich war ihm dieser Benziger sehr sympathisch.

«Selbstverständlich bringe ich Sie gern zum Apfelschuss», sagte er. «Ich muss Sie nur bitten, dort auf keinen Fall etwas zu tun, was das Geschehen beeinflussen könnte. Das Chronomobil selber ist aus Gründen der intertemporalen Asynchronizität ja unsichtbar, aber wenn …»

«Jaja, schon gut», unterbrach ihn Benziger. «Nun machen Sie schon. Ich habe nicht den ganzen Tag Zeit.»

*

Wilhelm Tell hob die Armbrust langsam auf Schulterhöhe. Der Menge auf dem Dorfplatz von Altdorf stockte der Atem. Eine Frau schluchzte.

Gesslers rechte Hand trommelte lautlos auf den Knauf seines Schwertes. Ein Muskel zuckte in seinem bleichen Gesicht.

Das vertrauensvolle Kinderlächeln des kleinen Walter Tell zerriss den Zuschauern fast das Herz.

Wilhelm Tell krümmte seinen Zeigfinger über den Abzug der Armbrust. In diesem Moment flammte ein Blitzlicht auf. Erschreckt zuckte Tell zusammen, und der Pfeil durchbohrte die Brust seines Sohnes.

Benziger starrte seine Kamera an, als ob die ganz allein an dieser Panne schuld wäre. «Ich wollte doch nur für unseren Verwaltungsrat ...»

Rickli, dessen Chancen auf Ehrendoktortitel und Professur gerade so endgültig im Orkus eines alternativen Universums verschwunden waren wie Friedrich Schillers nun nie geschriebenes Theaterstück, drückte stumm auf den roten Knopf für die Rückkehr in die Gegenwart. «Wissen Sie, was Sie getan haben, Herr Benziger? Sie haben etwas an der Vergangenheit verändert. Mit unabsehbaren Folgen für die Gegenwart.»

«Woher hätte ich denn wissen sollen, dass der so nervös auf ein Blitzlicht reagiert? Das ist doch nichts Erschreckendes!»

«Im dreizehnten Jahrhundert schon!»

«Aber daran müssen die doch gewöhnt sein!»

«Wieso?»

«Wenn Ihr Chronodingsbums funktioniert, sind bestimmt schon eine Menge Touristen zum Apfelschuss gereist! Beziehungsweise werden reisen. Werden gereist sein. Und ein paar werden auch fotografiert haben.»

«Eben nicht! Weil wir nämlich die ersten waren. Wie alle anderen auch. Weil jeder jedes Mal der erste ist! Eines der grundlegenden Prinzipien der Chronomobilität!»

«Professor Gemperle hat mir versichert, es sei völlig ungefährlich.»

«Ist es auch, solange wir nur zuschauen! Aber nicht, wenn wir in der Vergangenheit etwas verändern! Wenn der Junge tot ist, wenn Tell beim Apfelschuss seinen Sohn erschossen hat – ich wage gar nicht mir vorzustellen, was das für Folgen für die Schweizer Geschichte haben kann.»

Die Folgen zeigten sich deutlich, als das Chronomobil in der Gegenwart ankam. An der Wand des Labors hing die Urkunde, mit der Gemperle damals zum ordentlichen Professor ernannt worden war. Eine Urkunde, auf der das Wappen der Eidgenossenschaft prangte. Die Urkunde war immer noch da und das Wappen auch. Aber jetzt zeigte es nicht mehr ein weisses Kreuz im roten Feld, sondern einen Doppeladler.

‹Wie furchtbar!›, dachte Rickli verzweifelt. ‹Nach dem Misslingen des Apfelschusses haben die Verschwörer offenbar aufgegeben, und die Habsburger sind in unserm Land bis heute an der Macht geblieben.›

Da er aber ein Schweizer Patriot war, auch wenn es die Schweiz in der neuen Gegenwart gar nicht mehr gab (und weil er wirklich gern einmal Professor werden wollte), schubste er Herrn Benziger aus dem Chronomobil, verriegelte eilig wieder die Luke und drückte den grünen Knopf. Mit den räumlichen und zeitlichen Koordinaten des Apfelschusses war der Computer des Chronomobils ja schon programmiert.

Wilhelm Tell hob die Armbrust langsam auf Schulterhöhe. Der Menge auf dem Dorfplatz von Altdorf stockte der Atem. Eine Frau schluchzte.

Gesslers rechte Hand trommelte lautlos auf den Knauf seines Schwertes. Ein Muskel zuckte in seinem bleichen Gesicht.

Wilhelm Tell krümmte seinen Zeigfinger über den Abzug der Armbrust. «Jetzt nur nicht ablenken lassen!», dachte Rickli. Leider dachte er es laut. Seine Stimme, die scheinbar aus dem Nichts kam, liess Tell zusammenzucken. Der Pfeil durchbohrte die Brust des Landvogts.

Als Sebastian Rickli im Labor ankam und aus der Luke spähte, prangte auf der Urkunde an der Wand wieder das Schweizerkreuz. Mit einer goldenen Krone verziert.

Der Schuss auf Gessler war das Signal zum Aufstand geworden, Wilhelm Tell hatte das Kommando übernommen, und als man die Österreicher – ganz ohne Rütlischwur – verjagt hatte, da war es nur selbstverständlich, dass der Tyrannentöter Tell die Stelle des Landvogtes einnahm. Das Amt wurde in seiner Familie erblich, und aus der Schweiz wurde eine Monarchie.

Rickli knallte die Luke wieder zu und drückte auf den grünen Knopf.

Wilhelm Tell hob die Armbrust langsam auf Schulterhöhe. Der Menge auf dem Dorfplatz von Altdorf stockte der Atem. Eine Frau schluchzte.

Wilhelm Tell krümmte seinen Zeigfinger über den Abzug der Armbrust. Das nervöse Aufstöhnen Ricklis liess ihn zusammenzucken. Der Pfeil traf weder den kleinen Jungen noch den Landvogt Gessler, sondern einen gewissen Otfried von Almenstein, der wegen eines Rechtshandels um eine gekaufte Kuh nach Altdorf gekommen war. Er war auf der Stelle tot.

Nun wäre aber dieser Otfried von Almenstein der Urahne jenes amerikanischen Professors Almsteen gewesen, der durch seine Forschungen auf dem Gebiet des temporalen Kontinuums die Theorie der Chronomobilität erst ermöglicht hatte. Da nun aber Otfried von Almenstein durch Tells Fehlschuss kinderlos starb, gab es nie einen Nobelpreisträger namens Almsteen, kein Chronomobil und keinen Zeittourismus, deshalb wurde Tell auch nie durch ein Blitzlicht irritiert, der Apfelschuss gelang, und die Schweizer Geschichte lief haargenau so ab, wie wir sie in der Schule gelernt haben.

Was an und für sich ein erfreuliches Ergebnis gewesen wäre. Nur eben nicht für den Oberassistenten Rickli, der bald darauf seinen Posten verlor, weil sein Institut nicht genügend Sponsorengelder hatte auftreiben können. Das kommt davon, wenn man Investoren nichts zu bieten hat. Nicht einmal ein Chronomobil.

Sie haben gekaufen

eine Gebrauchsanweisung

Gratulierung! Sie haben gekaufen eine Original Schweizer Taschenmesser, Modell «Morgarten» oder «Morgarten spezial». Dieses ist eine hundert Prozent Schweiz Produkt, merkbar an Schweiz-Kreuz an Griff und bestes Qualitatierung. Ihre Taschenmesser ist gemacht mit Hand von original Schweiz Fachmannen mit Liebe und Sorgfaltigkeit in Produzierfabrik von Knife for Life Enterprises (fruher Victorinox AG) in Ibach-Schwyz, Switzerland, welches ist eine Department von Ippai Tong Si GmbH, Schanghai, China.

Wunschen wir Sie aus voll Schweiz Herz, dass werden glucklich mit gekauft oder geschenken bekommen Produkt. Sollen Tag und Nacht gute Geisten fliegen uber Sie, und Drachen des Glucks soll Ihnen beschutzen.

Nach gut Schweiz Traditionierung wir geben absolut und ungeschrankt Garantie fur Quality und Nicht-Kaputtheit von Produkt. Sollen benutzt worden von Sie ganz viele Jahren, und wunschen wir Sie lang Leben.

Achtung: Nicht wegwerf Verpack von Original Schweiz Taschenmesser! Wenn einschick drei Verpack, erhalten gratis und ungekostet CD mit original Schweiz Jodel-Song «Lotusblume auf Alpenwiese». (Einschickung an Ippai Tong Si GmbH, Dept. Promotion, Jin Mao Tower, 88 Century Avenue, Pudong New Area, Shanghai 200121, China.)

Nicht lasse Taschenmesser in Hosentasch wenn gewascht. Wenn rostig gerostet, Garantie ist ausgeschliesst.

Wann legen Taschenmesser bei Nichtbrauchung in Ladenschub, bitte bedenken korrekt Feng Shui Positionung. Oben-Teil (mit Schweizkreuz) muss liegen hinten in Ladenschub, damit Energy kann stromen in Wohnung. Wann Mannen tragen Taschenmesser in Hosentasch muss Oben-Teil liegen unten, weil sonst Energy stromen hinweg von mannliche Organe. (Kann Ippai Tong Si GmbH nicht haftbarlich sein fur negativ Auswirkung und Enttauschung von Frau. Auch nicht von Freundin.)

Hat dieses Taschenmesser ganz viele Kling und Zeugwerk, welche werden Sie machen viel Freudigkeit, denn sind gebrauchbar fur zahlgereichte typisch Schweiz Gebrauchlichkeiten. Fur Finden richtiges Klappteil zu Erklarlichung, schauen auf Buchgestab in Abgebildung. (Warning: Buchgestab H auf Abgebildung ist nur betrefflich Modell «Morgarten spezial».)

Zum Aufgemacht von Kling oder Zeugwerk einfuhren Nagelfinger in Kerbe und ziehen sorggefaltet nach ausserhalb.

A: Das gross Kling

Das gross Kling kann jedermann gebrauchen fur Schneiden von verschieden Sachen, zum Beispiel original Schweiz Servelatwurst, original Schweiz schwellende Kartoffel oder original Schweiz Cheese. (Schneidungssachen auf Abgebildung seien nur illustrationierend und nicht Teilbestand von Lieferungsprodukt.) Original Schweiz Cheese seien gelocht und heissen Ammentaler.

Empfehligkeit: Bestes Lochcheese werden geproduzieren von Goatpeter AG (fruher Ammentaler Schaukaserei) in Affoltern im Ammental, Switzerland, welches ist eine Department von Ippai Tong Si GmbH, Schanghai, China.

B: Das klein Kling
Das klein Kling schneiden klein Sachen. (Nicht geeignet fur Schneiden Metall, Stein und ander hart Material. Liste von verboten hart Material kann bestell bei Ippai Tong Si GmbH, Schanghai, China, Dept. Customer Service, Jin Mao Tower, 88 Century Avenue, Pudong New Area, Shanghai 200121, China. Wann Kling benutz fur falsch Material, ist gesterbt Garantie.)

Empfehligkeit: Besonderhaft gut schneid klein Kling die Lackerli, welches ist ein sehr fein und typisch Schweiz Spezialisierung, hergestellen von The House of Lalleking (fruher Lackerli Huus) in Basel, Switzerland, welches ist eine Department von Ippai Tong Si GmbH, Schanghai, China.

C: Das sehr klein Kling
Das sehr klein Kling ist gar nicht Kling, sondern sehr modern Technik-Konstruktion fur Reinigen von Nagelfinger. (Wenn benutz fur zu gross Sach und bleib steck, ist Garantie ungegultet.)

Empfehligkeit: Wenn Danebenrutsch das sehr klein Nicht-Kling (nicht bedeckt von Garantie), kann einbinden der Finger mit original Schweiz Pflasterung von Alpdoctor GmbH (fruher FLAWA AG) in Flawil, Switzerland, welches ist eine Department von Ippai Tong Si GmbH, Schanghai, China.

D: Das Schere
Das Schere ist nutzlich fur Schneiden von Nagelfinger. (Gewarnheit: Schneiden nur Nagel, nicht Finger! Wenn schneid Finger, nicht zugedeckt von Garantie. Bei Verletztheit auch schauen bei C: Das sehr klein Kling.) Kann Schere auch brauchen fur Zertrenntheit von Faden bei Anmachung von Knopf an Kleiderstuck.

Empfehligkeit: Wenn nicht wollen machen Anmachung von Hand, benutzen Maschin, am besten original Schweiz Modell von Stitching-Witch (fruher Bernina Schweiz AG) in Zurich, Switzerland, welches ist eine Department von Ippai Tong Si GmbH, Schanghai,China.

E: Das Flaschaufmachung

Das Flaschaufmachung ist extrem gebrauchbar fur viele Sorten Flasch, egal ob ist Personal-Trinkliebe Bier oder Getrunk ohne Alkoholismus. Zu Benutz halten Flasch in linken Hand und ansetzen Flaschaufmachung mit rechten Hand. (Fur Linkshandigkeiten kann Hand getauscht sein, weil Produkt von Knife for Life Enterprises sind vielgeseitet. Bei Verletztheit von Hand oder Abgebrechung von Flaschaufmachung macht Garantie Pause.)

Empfehligkeit: Fur Mensch mit Trinkliebe fur Getrunk ohne Alkoholismus benutzen sehr fein original Schweiz Getrunk Heidi-Glugg von Firma Swiss Drinks (fruher Rivella AG) in Rothrist, Switzerland, welches ist eine Department von Ippai Tong Si GmbH, Schanghai, China.

F: Das Zapfenziehung

Das Zapfenziehung ist sehr nutzlich fur Entzapfung von Flasch rot oder weiss. (Zu viel Trinkung, Schwankung und Umfallung sind nicht eingeschliesst in Garantie.)

Empfehligkeit: Ob lieben Flasch weiss oder rot ist immer gross Ausgewahl bei Laden von The Very Swiss Shop (fruher Denner AG) uberall in Switzerland, welches ist eine Department von Ippai Tong Si GmbH, Schanghai, China.

G: Das Schraubenziehung
Das Schraubenziehung ist gekonstruiert für Herein- und Herausschrauben von Schraubnissen aller Art. Kann brauchen für bauen Mobel, festmachen Lichtleuchten oder aufhangen Bilder.

Empfehligkeit: Verlang Feng Shui mehr Bilder in Wohnung? Wohlansehlich gefarbt sind original ölige Bilder von Animals und Clowns (fruher Rolf Knie) in Rapperswil, Switzerland, welches ist eine Department von Ippai Tong Si GmbH, Schanghai, China.

H: Das Gabel (nur Modell «Morgarten spezial»)
Das Gabel ist nutzlich zu gebrauch bei viel Art Essen. (Essungssachen auf Abgebildung seien nur illustrationierend und nicht Teilbestand von Lieferungsprodukt.) Switzerland produziert viele Art von Esslichkeit. Passen sonderbar gut zu Taschenmesser von Knife for Life Enterprises: Heilig gallische Wurstbrat, bernische Plattung und zurcherisch Schnitzelei. (Gewarnheit: Gabel ist ungeeigentlicht bei Essen von Supp. Wenn Verwendung mit Supp das Garantie umarmt nicht das Reinlichkeit von Hose, Jacke und anderes Bekleidteil.)

Empfehligkeit: Zurcherisch Schnitzelei ist vorgezogen zu essen in Lakeside Town Inc. (fruher Stadt Zurich), welches ist eine Department von Ippai Tong Si GmbH, Schanghai, China.

Allgemein Geschaftlichkeit:
Bei ungewartet Problem mit Ihre original Schweiz Taschenmesser einschick für Reparierung an Ippai Tong Si GmbH, Dept. Customer Service, Jin Mao Tower, 88 Century Avenue, Pudong New Area, Shanghai 200121, China. Einschick unbedinglich in original Verpack, sonst Garantie ungegulten.

Wenn uneinig zwischen Ippai Tong Si GmbH und Kunde, entscheid Gericht in Schanghai, China.

Wenn Interess an original Schweiz Geschicht von original Schweiz Firma Ippai Tong Si GmbH, kann bestell ungekostet Broschierung «The History Of a Real Swiss Company». Einfach einschick gefrankiert und beadresst Umschlag an Ippai Tong Si GmbH, Dept. Company History, Jin Mao Tower, 88 Century Avenue, Pudong New Area, Shanghai 200121, China. Erhalt nicht nur Broschierung, sondern auch ungekostet zugesetzt zwei Exemplar Chopstick mit Widerhak für aufspiess Brot bei Essung von original Schweiz Fondue.

Broschierung enthaltet ganz Geschicht von chinesisch Schweizigkeit, so wie erschien in Serie von Artikelungen in Swiss News (fruher Neue Zurcher Zeitung), welches ist eine Department von Ippai Tong Si GmbH, Schanghai, China.

Besonderhaft interessant Kapitel:

- Das Krise von 2048
- Schweiz bitten um Hilf
- Schweiz Frank und Renminbi: David und Goliath
- Nicht leih sondern kauf
- Wenn zahlen, dann befehlen
- Schweiz bleiben Schweiz

© 2062 by Ippai Tong Si GmbH, Schanghai, China